八卦易經
河圖洛書
大解密

周顯

目錄

序

這是我最得意的力作之一，緣於2016年中的靈光一閃，想到了的關係，自認為是解答了中國人幾千年來無法解破的大難題，因而搜集資料，寫出了本書。

本書的所有曆法，以及八卦和《洛書》的關係，均非我的發現，而是「站在前人的肩上」。我的新發現是，把大火曆、《易經》、八卦、《洛書》這四者扯上了關係，以及也把10月太陽曆和《河圖》扯上了。

這書在幾年前出版，銷量馬馬虎虎，全賴忠實讀者購買，但就我所知，沒有一個看完本書。説句老實話，在我翻查資料，撰寫本書之前，以當時我的程度，也不會看得明白。

這一次的修訂，主因是想到了《洛書》的數學計算，進一步完善了理論，以及發現了「大衍之數」的數學秘密，因而不得不出修訂版。

當初為了精益求精，不放棄任何一條線索，結果得出了不少與主題無關的結果。這版本把這些與曆法無關的研究結果刪掉了，如重黎、羲和／嫦娥等名字的由來。

由於讀者投訴看不明白，我加上了一萬字的摘要，全以現代白話文撰寫。摘要以外的內容，可被視為解釋、注腳，目的是證明摘要的內容，因而引用了大量古文。

最後要講的是，本書是一本歷史著作，並非玄學討論。作者本人對於玄學，亦接近一無所知。由於內容完全是脱離了玄學，因此，其詮釋也純粹是本人的一得看法，有時是離經叛道，和傳統的解釋截然不同。但也正是截然不同於舊解，本書才有撰寫的必要性。

摘要

1. 太極

「太」就是「最大」的意思，也即是英文的「biggest」。「太極」也即是「大到了極點」。這將會發生甚麼狀況呢？

看太極圖，在陽儀的中心點，是一點的陰，在陰儀的中心點，是一點陽。這即是說，在太極了、大到了極點的時候，就會物極必反，走向另一極。這就是「陽極生陰，陰極生陽」了。

這代表了天時：天氣熱到了極點，便會變冷，天氣冷到了極點，便會變熱。這過程，是暗中漸變，當時不被發覺的，所以陰儀的中心才有一點陽，陽儀的中心才有一點陰。

在這裏，解釋一下天文學的一個基本常識。一年當中最冷的幾天，通常是在二十四節氣的「大寒」前後，即是每年在 1 月 19 日至 21 日之間，但是，一年白天最短，黑夜最長的日子，卻是在冬至，即是 12 月 21 日至 23 日之間。為甚麼會有這個情況呢？

因為在冬至之後，日晒的時間比較長，但只要它比當時的空氣和地表溫度更冷，天氣還是會繼續冷下去的。這必須要等到空氣和地表溫度也變暖了，日晒的時間也更加長，溫度才會開始逆轉。這好比一天最冷的時間，不是在中夜、天色最黑的淩晨十二時，而是在六時左右，這正是黎明前的黑暗最寒冷也。

同樣道理，一年日光最長的一日是在 6 月 21 日至 23 日之間的夏至，最熱的時間在 7 月 21 日至 23 日的大暑前後，這也好比一天最熱的時刻不是正午十二時，而是中午三時左右。

也許，古人正是觀察到在最冷的日子，也即是二十四節的「大寒」，其實白天已變長了，最熱的日子，也即是二十四節氣的「大暑」，黑夜也已變長了，才會領悟出陽極生陰，陽極生陽的道理。

2. 兩儀

兩儀的本義是陰和陽，正如我在前文的說法，「太極生兩儀」，兩儀就是太極的一部份，也即是上半年和下半年。

換言之，陰陽的本義就是沒太陽和有太陽，寓意夏天和冬天，也即是太陽的消長。在此，我們參看太極圖，半邊是黑、半邊是白，黑中有白，白中有黑，正如證實了這說法。農曆的上半年是春夏，下半年則是秋冬，這也正好旁證出陰陽指的是下半年和上半年。

3. 三才

傳統對「三才」的解釋就是「天、地、人」。我的看法是，形而上學的背後，必然也有一個形而下的、實用性的解釋。

草木生的嫩枝就叫「才」。《易經》的卦象是由三根橫劃組成的，也即是三根嫩芽，名為「爻」。直而不斷的稱為「陽爻」，斷成兩截的是「陰爻」。在古時，占卜用的正是三根蓍草，到了戰國初期，才開始改用銅錢。

如果用三根蓍草來占卦，一共有8種組合，是為「八卦」，如果用上六根蓍草，則一共有64種組合可能性，是為之「八八六十四卦」。占卜時，則可把三根蓍草連占兩次，便可成為六十四卦中的一卦。

4. 四象

如果兩儀是上半年和下半年，那麼，兩儀生四象，四象就是春、夏、秋、冬四季了。通常的解釋是，四象就是少陽、太陽、少陰、太陰，這正好也是四季：春天是少陽，夏天是太陽，秋天是少陰，冬天則是太陰。

後人也把四象衍生出無窮無盡的附比式解釋，如東、南、西、北，青龍、白虎、朱雀、玄武等等，但它作為四季的代表說法，始終是存在的。

如果四季用上不同顏色的龍，倒不如用四種不同的生物，這當然更加清楚明白。我相信這就是青龍、朱雀、白虎、玄武的起源。

順帶一提，日是白天，變成「白虎」，是理所當然。「朱雀」是紅色，和太陽、炎熱的形象吻合。「玄武」即是靈龜，也可以是蛇頭的龜，兩者都是冬眠生物。「玄」是非常深的黑色，西漢時代孔子八世孫孔鮒寫的《孔叢子 • 小爾雅》說：「玄，黑也。」因此，黑龍變成玄武，也是順理成章的事了。

換言之，「四象」就是四季，即是「四時」。

5. 五行

所謂的「五行」，就是人所共知的金、木、水、火、土。「五行相生」就是：木→火→土→金→水，也即是木生火，火生土，土生金，金生水，水生木，解釋則是木乾暖生火，火焚木生土，土藏礦生金，金銷熔生水，水潤澤生木。反過來說，也有「五行相尅」：金→木→土→水→火，就是金尅木，木尅土，土尅水，水尅火，火尅金，即是金尅木，如木劈木，木尅土，如木插土，土尅水，如築堤防水，水尅火，這不用解釋了吧，火尅金，因大火可以熔金。

五行究竟是何來呢？很簡單，它即是金、木、水、火、土五大行星，因為單靠肉眼，人類只能看到這五顆星在動，其他的恆星由於距離地球太遠，看起來好像完全不動，故此稱為「恆星」。由於人們看到這五顆星不停的在動，所以稱為「行星」。

後文會講到「五行曆」，即是以五行來作為一年五等份的季節的曆法。

6. 六合

通常，「六合」指的是上、下、東、南、西、北，也即是整個世界。

7. 七星

今人講到「七星」，指的是北斗七星，也即是大熊星座的 7 顆恆星，紫薇斗數叫作貪狼、巨門、祿存、文曲、廉貞、武曲和破軍。這北斗七星的前 4 顆構成容器狀，合後三顆則成一線，形狀像一柄斗，其斗口指向北極星，所以叫作「北斗七星」。

北極星在天空裏看起來像是永遠不動，其實當然是在動的，只是動得很慢。因此，西方人在未發明指南針時，往往在航海時觀察它來定位，因此它特別重要。

除了北斗七星之外，當然還有太陽、月亮、金、木、水、火、土合稱為「五大行星」這「七曜」啦。

8. 日月

太陽和月球誰都知是啥，這裏略說關於它們的運行的相關名詞。

「恆星年」(sidereal year) 指的是地球繞行太陽的軌道周期，等如 365.25636042 日。「回歸年」（tropical year），又叫「太陽年」（solar year），指的是從天空觀看，太陽回到原來位置的周期，等如 365.2421990741 日。它比前者短 20 分鐘 24 秒。

「恆星月」（sidereal month）是月球繞行地球的軌道周期，時間為 27.32166 天。「朔望月」（synodic month）指的是月圓月缺的周期，平均時間是 29.53059 天，其上下變化可達 7 小時。

換言之，年和月都有兩種不同的計算方法。下文會用到這些名詞。

9. 八卦

一般認為，八卦是伏羲氏所創。宋朝的學者朱熹寫了《八卦取象歌》，來加強人們對八卦的記憶：「乾三連（☰），坤六斷（☷），震仰盂（☳），艮覆碗（☶），離中虛（☲），坎中滿（☵），兑上缺（☱），巽下斷（☴）。」八卦是單卦，即是由三個爻組成，如果由六個爻組成，即是兩個八卦，便叫「重卦」，一共有 64 個組合形式，就是八八六十四卦。

	东南	南	西南	
	巽 木 四 长女 肝, 胆, 手脚	离 火 九 中女 头, 心脏, 血液	坤 土 二 母 胃	
东	震 木 三 长子 肝, 胆, 手脚	中 宫 五 土	兑 金 七 幼女 肺, 喉, 鼻舌	西
	艮 土 八 幼男 脾	坎 水 一 中男, 肾, 肠 膀胱, 耳朵	乾 金 六 父 肺, 喉 鼻舌, 大肠	
	东北	北	西北	

10. 九宮

八卦是為八個宮，再加一個中宮，就是九宮了。九「宮」就是9間房子，圖畫是九個方格，也即是我們常常說「九宮格」。如果把這九格填上數字，第一行是4、9、2，第二行是3、5、7，第三行是8、1、6，東漢時的數學家和天文學家徐岳在《術數記遺》說：「九宮算，五行參數，猶如循環。」

北周時代的數學家和天文學家甄鸞對此的注釋是：「九宮者，即二四為肩，六八為足，左三右七，戴九履一，五居中央。」

這就是有名的《九宮算圖》，從數學來看，這相等是雛形的矩陣。

換言之，九宮和八卦的分別，是九宮包含了在當時算是十分高深的數學，漢朝已有「九宮術」和「九宮算」。

它其實是衍生自更早得多的《河圖》和《洛書》，有關這兩幅古代數圖，後文會有專章論述。

		離		
巽	4	9	2	坤
震	3	5	7	兌
艮	8	1	6	乾
		坎		

11. 天干

天干分為10個符號，也即是10個字組成：甲、乙、丙、丁、戊、己、庚、辛、壬、癸，也可套之為1、2、3、4、5、6、7、8、9、10，沒有分別。總之，在古時，它們是用來作為排序的方法。

12. 地支

地支就是子、丑、寅、卯、辰、巳、午、未、申、酉、戌、亥，一共有 12 個。

十二生肖就是把十二地支配上了 12 種農家常見的動物，因為十二地支的名字太過難記了，所以用動物來代替：鼠、牛、虎、兔、龍、蛇、馬、羊、猴、雞、狗、豬，越南則用「貓」來取代中國的「兔」。印度則把「虎」換成了「獅」，「雞」則換成「金翅鳥」。

中國人把一天分為 12 份，即 12 個時辰，這 12 個時辰也是用地支來作表達。

13. 天干地支

天是日，即是太陽，那是「主幹」是為天干，地則只是「分枝」，是為地支。

10 天干加上 12 地支，可製造出一個數字 60 的循環，即一共有 60 個不同的組合，從甲子到甲子，就完成了一個循環，是為之「一甲子」。

中國人通常用數字來表達基數，即是 1，2，3、4，5……用天干來表達序數，即第一，第二，第三，第四，第五，就是甲、乙、丙、丁、戊……因此，天干地支可說是無處不見，到那裏都能看得到。

14. 二十八宿

「恆星月」的周期是 27.3 日，二十八宿之所以叫「宿」，因古人把月球每一天所在的恆星帶，就被看成是它當晚居住的地方。

15.《河圖》

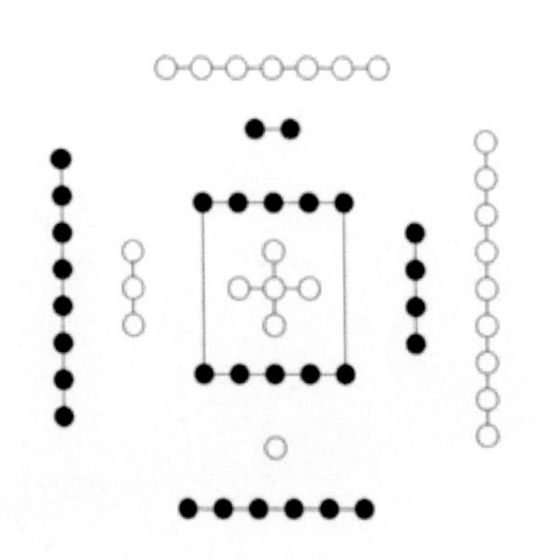

《河圖》的字面意思就是「黃河的圖」，傳統的圖象是由「龍馬」背負出來。很多時，人們會把「龍馬」畫成龍頭馬身，這當然是現實不存在的生物。

我認為，伏羲氏是崇拜龍圖騰的氏族，《河圖》是伏羲氏的發明，因此自然以「龍」為標誌了。

至於「馬」，我的看法是，這不是動物的「馬」，而是籌碼的「碼」，因「碼」的古字正也是「馬」，也即是「玉石」的意思。原始的《河圖》，應是在玉石刻洞。

16.《洛書》

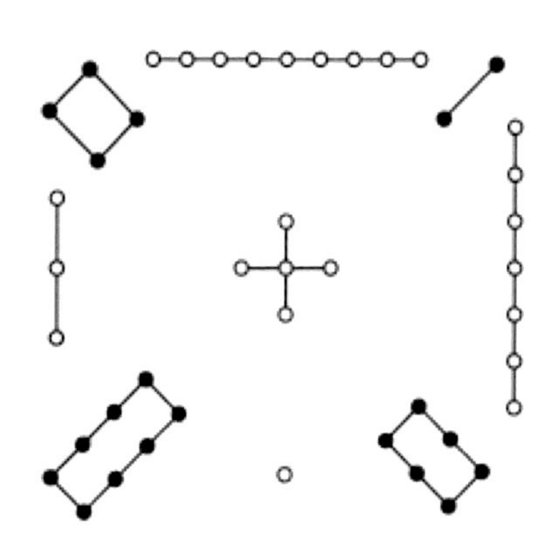

顧名思義，《洛書》也即是「洛水的書」。洛水是黃河的支流，主要流在陝西省東北部及河南省西北部，在河南省注入黃河。洛陽市的「洛」字便是出自洛水。

《洛書》和《河圖》的最大分別，是它是由 1 至 9 這 9 個數字組成，但《河圖》則是由 1 至 10 這 10 個數字組成。表面上，《洛書》少了一個數字，但由於它的排列方式和九宮相同，因而又多出了一些數學運算，也即是數學上的幻方。

17.《易經》

《易經》的英文名字，一是音譯作「I-Ching」，另一則是意譯為「The Book of Change」，或「Classic of change」，意即「變更之書」。

「易」就是「日」加「月」，因此它代表了「變更」，本來是一本曆書，後來變成了一本占筮書，因而也引申成為了哲學書。換言之，它是一本三合一的集合體。

把曆書變成卜筮書，也是有其必然，皆因卜筮說的是未來之事，曆書說的是星象的變化，未來的時間運行，兩者正好配襯。因此，用星象來預測未來，是古今中外皆通的卜筮之法，而把曆書變成卜筮，也是多有之事，像今日的《通勝》內容，也有占卜的部份。

《易經》一共有三個版本，《連山》，《歸藏》，《周易》。「連山」的意思是「烈山」，即炎帝神農氏，「歸藏」則是「龜藏」，即是刻在龜甲的文書。我們現在說的《易經》，就是《周易》，據說是由周文王創造的。

唐朝學者孔穎達寫《五經正義》說：「《河圖》有九篇，《洛書》有六篇。」我相信這是指其緯書。所謂的「緯書」，也即是解釋「經書」的作品，例如前引的《河圖 • 玉版》。在考古發掘出來的八卦，往往在圖像的周旁寫滿了文字，我認為，這也許正是緯書的前身，我估計，《易經》多半也是《洛書》的緯書。

18. 太陰曆

中國人所謂的「太陰」，就是月球，相對於「太陽」的說法。

太陰曆簡稱「陰曆」，也即是月圓月缺的周期，大月是30日，小月是29日。

太陰曆的優點，是月相比較容易觀察，從月圓到月缺，縱是沒有受過任任天文教育的初民，也不難觀察和計算出來。但其缺點是，它和地球繞日的運行周期並不吻合，一年少了接近11天，如果人民利用此曆來去計算耕種的日期，遂不可能。因此，在世上的曆法之中，很少是純太陰曆，除非是不用耕種的民族，才會使用。

穆罕默德創立的「希吉來曆」(Hijri calendar)，單數月份是大月，30天，雙數月份是小月，29天，在閏年，12月有30天，平年則是29天，每30年之中，有11個閏年。換言之，30年中，

19 個平年有 354 天，11 個閏年有 355 天。

穆斯林的齋月是在第 9 個月，有陽光的時間不吃飯、不喝水，不抽煙，不准性行為，直至日落為止。第 12 個月則是朝聖月，教徒要去麥加朝聖。如果使用伊斯蘭曆，教徒的一生可以在不同的氣候，也有守齋月和去麥加朝聖的機會，不像歐洲人，只有在冬天才可以過聖誕節。

希吉來作為太陰曆，最大的缺點是冷熱溫度變遷並不吻合，不能作為農曆使用。因此，波斯，也即是今日的伊朗，同時也有使用太陽曆，這是因為波斯的文化水平較高，而且是農耕國家，遠在穆罕默德之前，一直在使用太陽曆，故此在出現了希吉來曆之後，也在同時使用太陽曆，並且還有加以改良。

中國人稱希吉來曆為「回曆」，或「回回曆」，而波斯所使用的太陽曆，則叫「回回陽曆」。

至於希吉來曆，則因為宗教信仰問題，從來沒有改變過，甚至是因時間過去而必然出現誤差，也任由其誤差擴大，不去改變。反正他們不農耕，曆法不準，也沒問題。

在 1925 年，巴列維王朝成立的第一年，政府宣佈太陽曆才是政府使用的正式曆法，這當然也是該王朝親西方的表態之一，但這太陽曆也視繼續視 622 年為首年，這再次證明了曆法在政治上的重要性。然而，伊朗在使用太陽曆的同時，同時也遵守傳統的希吉來曆，皆因守齋和麥朝聖，必須用希吉來曆來計算日子。

伊朗人同時使用兩種曆法的做法，好比今日我們雖然使用西方的格里曆，但同時也在使用中國的傳統的陰陽合曆，例如計算節日、新年、初一十五守齋、二十四節氣等等，都會使用舊曆。這種兩部曆法同時使用的做法，很多時反而是常態，後文也將會講到。

19. 太陽曆

太陽曆簡稱為「陽曆」，顧名思義，計算的準則是地球繞太陽的周期，也即是 365 天 5 小時 48 分 45.19 秒繞行一周，以此為一年。

我們的肉眼不能直接觀察太陽，再者，地球繞太陽作軌道運行這個基本知識，也是這幾百年來才被發現的，因此，古人的計算太陽曆，只能夠以其他星星的互相對比位置和運行，來作數據基礎。

所有的星星的相對位置都不是永恆不變的，因此，太陽曆的計算，不能完全準確，永遠有微小的偏差。然而，由於地球繞日運行的周期，決定了冷熱季節，也因而決定了農耕之期，所以，現時絕大部分的曆法，都是太陽曆。

20. 陰陽曆

太陽曆除了用太陽來作為計算單位，也必須有細分的單位，組合而成。例如說，由伊斯蘭教分裂出來的巴哈伊教的曆法，也是太陽曆，平年有 365 日，閏年有 366 日，但它並沒有月，而是把 1 年分成 19 等份，每份有 19 日，平年有多 4 日額外，而閏年則有 5 日。

至於一年 365 日或 366 日，又有用月來作為年的分割的，則稱為「陰陽曆」(lunisolar calendar)。

21. 曆法作為軟實力

曆法作為當時最高深的數學，文化水平低下的國家，只能夠照單全收高文化水平的曆法，古時的朝鮮半島和日本，均採用了和唐朝相同的曆法。

英國 1725 年才和國際接軌，採用羅馬曆法。俄羅斯是在彼得大帝時代改曆，土耳其在 1923 年建國，在 1925 年採用西曆。

日本到了明治維新時，改用西方曆法。

中國在 1912 年，辛亥革成功後，效法日本，改行西曆，但政府沒有專門人才去出版自製的曆書，民間也不會跟從，繼續使用舊的陰陽曆。

1928 年，國民政府不准曆書附印舊曆，政府不放舊曆新年假期，但仍無法阻絕民間慶祝舊曆新年。中華人民共和國成立之後，把舊曆新年改為「春節」，文革時期更加「三十不停戰，初一堅持幹」，依然也阻不了民間的過舊曆年。

22. 曆法與政治

頒佈曆法決定了時間也象徵著決定權力，中國的夏朝、商朝、周朝立國之時，均把正月的時間改變了，是為之「三正」。

法國大革命時，執政的雅各賓黨為了表示和舊王朝切割，宣佈了新曆法，連每個月的名稱也改稱了。曆法象徵了改朝換代，也代表了政治上的權威，換言之，曆法不單是天文、是數學，還是政治。

23. 曆法與中國政治

在上古時代，帝王最重要的事務，就是曆法，因為曆法是天事，必須由天子去管理。中央政府最重要的工作，是統籌對外戰爭，以及協調諸候的利益和糾紛，也要管理本部的經濟社會事務，但當時人民也是以家族式去自治，政府管不了各家族的內部事務，唯一顯示權威的方式，只有曆法的公佈了。如果連曆法都不準，各國更加沒有聽從中央政府的任何理由了。

周朝有一些職業的天文官，負責計算曆法，在每年的十二月初一，頒布給各大小諸候國。諸候國則把這本曆法書收藏在祖廟，然後在每月的初一，向國民頒布當月的曆法。這顯示出天子對諸候國的權威性。

當遇上日蝕時，天子要在土地廟中擊鼓，卜官要用錢幣來作占卜吉凶，諸候則要在官府擊鼓，在自家的土地廟用錢幣來占卜吉凶，史書就要把這記錄下來。

中國向來有專業官員去負責曆法，我們最熟悉的「欽天監」，是在明朝之後所用的官職名稱，在秦朝時叫「太史令」，宋朝和元朝時則叫「司天監」。天文官員每年頒發《黃曆》

《黃曆》是官方的曆書，但民間亦有自編及盜版的曆書，是為「民曆」，兩者是同時流行的。《黃曆》除了日曆之外，還有很多民間有用的資訊，除了曆法之外，還包括了吉凶的術數占卜，這正如今日流傳的民間《通勝》，也載有「諸葛神算」的術數算法。總而言之，曆法和玄學術數是分不開的。

有趣的是，往往《黃曆》還未頒發，已經有了私印的民曆版本，以北宋為例子，官方印制的大曆售價是幾百錢，但民間私印的小曆則只售一至二錢。雖然私印《黃曆》的刑罰是死刑，但由於利錢太厚，也禁之不絕。

到了乾隆時期，政府才允許私人印刷曆書，這徹底的解決了盜印的問題。

24. 彝族的 18 個月太陽曆

彝族和其他民族一樣，有悠長的歷史，也混雜了很多其他民族的文化，亦流傳過不同的曆法。

例如說，現時雲南省楚雄彝族自治州的大姚縣曇華鄉所流傳的 18 個月的太陽曆。

這曆法把分一年為 18 個「月」，每「月」20 天，另加 5 天「祭祀日」。為甚麼一個「月」是 20 日呢？因為一個人的手指加上足趾的數目是 20，這是文盲的身體所能用上最多數目的工具。

有趣的是，南美洲的瑪雅人也有類似的曆法：「Haab'」，也是 20 天一個「月」，一年 18 個「月」。

25. 彝族的 10 個月太陽曆

前述的 18 個月太陽曆，只是少數的彝族人所使用。大部分彝族流行使用的，是一年只有 10 個月的太陽曆。

本書把太陽曆用數目字寫成「10 月」，只因「十月」易於誤會成為「October」，而這詞在此指的是「10 個月」。

一年 10 個月的歷法並不罕見，例如中國周朝早期，除了陰陽合曆，也有不少地方都在使用 10 月太陽曆，這在《夏小正》、《管子 • 幼官》、《詩經 • 豳風 • 七月》三篇文字，可得以證明。

26. 天干和太陽曆

甲乙丙丁等等十天干，最初很可能並非用來日，而是用來紀「月」。十天干就是十月太陽曆的記法。

27.《河圖》

《河圖》所表達的，就是 10 月太陽曆。其載體是石板，非常沉重，因此它是一份年曆，一年十個月，五月和十月放在中間，就是以半年的劃分。至於 5 在中間的另一原因，是和《洛書》一樣，代表了 360 日之外的 5 日。

28. 大衍之數

《周易 • 繫辭上傳》提出了「大衍之數」的說法：「大衍之數五十，其用四十有九。」

它又說：「天數二十有五，地數三十，凡天地之數五十有五。此所以成變化而行鬼神也。」

如果用《河圖》去作解釋，則不難得出：「天數二十有五，地數三十，凡天地之數五十有五。」計算方式是：白子是 1+3+5+7+9=25 黑子則是 2+4+6+8+10=30，兩者加起來就是 25+30=55。

我的看法是，這是把 12 月的陰陽曆和 10 個「月」的太陽曆同時運作。如果以 12 個月的陰陽曆來作座標，也即是「地支」，是每 60 個單位為一周期，這就是「一甲子」。如果以 10 個月的太陽曆來作座標，也即是「天干」，則是以 50 個單位為一周期，這就是「大衍之數」了。

「衍」是「演化」的意思，「大衍」也即是「大規模的演化」。至於「用」，這裏應解作「閏」，即「多了出來」

因此，「大衍之數五十，其用四十有九」指的是，把 10 月太陽曆和 12 月陰陽合曆兩個曆法的結合，便是以 50 單位為一周期，其中有 49 個單位是不重疊，即「多餘」的。

瑪雅流行兩種曆法，一是前文提到的「Haab'」，另一則叫「Tzolk'in」，一「年」只有 260 天。即一「月」20 天乘以 13「月」。「Tzolk'in」應該與敬神有關，「Haab'」則是天文曆法，瑪雅人把「Haab'」和「Tzolk'in」結合起來，兩者的最小公倍數就是一個 18,980 天的「曆法周期」(calendar round)。這原理正是類同於本節的主題「大衍之數」。

29. 后羿射日與嫦娥奔月

「十日」是中國有名的傳說，意即在上古時代，天空一共有10個太陽。根據傳說，結果是帝堯派羿把其中的9個太陽都射了下來。

所謂的「十日並出」，固然是天災，但也有可能部份是由於曆法錯誤，令到人民把錯估了天時，因而失了耕耘的時間。這時，帝堯別無他法，派了羿負責更改曆法，取消10月太陽曆，用了新曆法，校準了時間，農時也準確了。這就是「射十日」的傳說。

至於西王母，《山海經》說她是「司天之歷」，也即是天文學曆法的專家。在古時，西方的埃及、美索不達米亞的文明，以及天文曆法的數學知識，勝於中國，因此，羿從西方應得回來的，是天文曆法。所謂的「不死藥」，其實是喻比永遠不會變的曆法。

傳說中，嫦娥是羿的妻子。后羿和她的「不死藥」， 就是來自西王母的「萬年曆」。至於「嫦娥奔月」傳說的原型，再加上「后羿射日」，其原型則應是放棄了10月太陽曆，改用一年12個月的陰陽合曆。

30. 火曆

近年有人認為，古代中國曾經用過利用大火星來作座標計算的曆法。這大火星，在地球的北方，只在格里曆的5月31日至11月30日的半年可見，只有半年可見，另外半年則在白天才出現，並非全年可見到。有關8月大火曆的假設，是一年有360天，分為8個月，再分為4季，每季2個月，一年最有365日至366日，或者加上閏月來作為調節。

《尚書 • 堯典》約略提到了這曆法，現代很多學者均對此作出了研究。

31.《洛書》作為大火曆

我認為，《洛書》代表的就是大火曆，即是以9天為一個單位，再數5次，9 X 5=45，剛好就是大火曆的45天周期，也即是一個「月」。

一共有9排點子，5點放在中間，八排點子圍著中間的5點，意即一年有 8 個「月」，加起來就是 360 天。缺了的 5 天，加上在中間的 5 點，那就剛好湊上一整年的的 365 天。

在大禹治水時，和商朝、周朝，均有使用過《洛書》的記載。

32. 伏羲與八卦

八卦就是把一年分成為八個月的曆法，每個月有 45 日，另加 5 天或 6 天閏日。因此，當陽極會變陰，陰極會變陽，太極因而生出兩儀，也即是上半年和下半年，兩儀生出了四象，也即是春、夏、秋、冬四季，換言之，這就是大火曆，也即是《洛書》所載的曆法。事實上，八卦往往和《洛書》畫在一起，這兩者的關係是早被廣泛承認了的。

古代計算時間的日晷，稱為「圭」，又叫「圭表」。順帶一提，圭也代表了一種長型玉器，皆因這玉器和圭表的形狀是十分相似。「卦」這個字，是由「圭」和「卜」兩字合成，意即「量度或計算圭表」，因此正是計算時間，也即是「曆書」。

先天八卦和後天八卦的說法，是由宋朝的邵康節所說出來的。八卦圖象一共有兩種，他名之為「先天八卦」和「後天八卦」，又分別名為「伏羲八卦」和「文王八卦」。

先天八卦的第一卦是乾卦，後天八卦的第一卦是震卦。對比中國曆法學上的「三正」，意即夏朝以一月為「歲首」，即第一個月，商朝以十二月為歲首，周朝則以十一月為歲首。

君主把歲首改來改去，是基於中國改朝換代換新花樣的迷信思想。周文王把八卦的第一卦從「乾」推到「震」，是挪移了兩卦，周朝把歲首變成了十一月，相比起最原始的夏曆的一月為歲首，恰好也是挪移了兩個月。

33. 從曆法變為占卜

到了商末周初，因為已經不再用大火星的 8 個月 45 天曆法，因此，人們已經放棄了八卦作為曆法，但仍然採用它來作為玄學的計算，這好比玄學中的飛星，很多人認為是古時的星象學所演化而成，但是古時的星象和今日的並不相同，因此以前的星空實象，後世則變成了純數學運算、真實卻無法觀察的虛星，也即是「飛星」，但這仍然不妨礙星相學家其作出玄學上的運算。估計文王八卦可能也是相類似的演化。因此，到了這時，八卦已經變成了占卜術數，同曆法再無關係了。

34.《洛書》與八卦

人們常常把《洛書》和八卦放在一起，作為一體去分析，卻不會把《河圖》和八卦扯上關係，這豈不正好旁證出我的看法：《洛書》是以 9 天為一單位的八卦曆法，而《河圖》則是不同的系統，也即是 190 月太陽曆，和八卦並不相容。

含山縣淩家灘位於安徽省， 1987 年開始發掘，其中有玉石雕成的龜，龜背鑽有六個孔，在龜甲和龜腹之間。有人認為，這是雛形的《洛書》圖案，龜甲內藏玉版，這顯然和《洛書》和神龜的傳説極度接近。

假設《洛書》由玉石製成：用燒過了的炭枝，用 X 和 O 兩種符號來劃寫，一天一 X，滿 45 筆，即一個「月」，把 X 拭擦，填上一 O。這樣，就可簡單的用一塊玉石版，作為供文盲使用的日曆，而且還可重覆使用。

35. 龍

《周易》之中，有很多「龍」的描述，例如説，見龍在田，飛龍在天，潛龍勿用，亢龍有悔，戰龍在野，群龍無首等，究竟「龍」是甚麼意思呢？

有人認為，這也是用來計算季節的方法，這裏所謂的「龍」，指的也是大火星。但我不認同這説法。

我從「戰龍在野，其血玄黃」這句話得到了線索。

見龍在田，戰龍在野，「田」和「野」究竟有甚麼分別呢？換言之，見龍在田就是在近的地方見到龍，戰龍在野就是在遠的地方和龍戰鬥。

那為甚麼要同龍戰鬥呢？「戰鬥」又是甚麼意思呢？這就牽涉到「其血玄黃」了。龍在流血，當然是因為戰鬥而受傷了。

想深一層，為甚麼我們可以看到龍在流血呢？因為看到牠的血是深黃色的。好了，現在的問題終於來到：究竟甚麼在遠方的東西，是深黃色的呢？

個人認為，是夕陽的顏色。

沒錯，我的看法是，龍就是在不同時間的太陽：

上午，是見龍在田。

中午，是飛龍在天。

三時左右，日光最烈，但快要轉衰了，是亢龍有悔。

黃昏，是戰龍在野。

晚上，是潛龍勿用。

陰天，或日蝕、月蝕時，是群龍無首。

一本占卜書，難免要講到一天的甚麼時候最吉，甚麼時候最凶，甚麼時候宜做甚麼，甚麼時候忌做甚麼，這就是當初它使用「龍」的作用，但到了後來，「龍」在經文的解釋當中，變成了卦象的象徵，那只是演化出來的結果而已。

1. 太極

太極的最古說法，是《易經 • 繫辭上》說的：「是故易有太極，是生兩儀，兩儀生四象，四象生八卦。」

三國時的學者王弼注《易經》，在「易有太極」後，解釋說是：「大極者。」同時期的魏國學者張揖在《廣雅》說：「後世還言，而以為形容未盡，則作『太』。如大宰俗作『太宰』，大子俗作太子，周王俗作太王是也。」

換言之，「太」就是「最大」的意思，也即是英文的「biggest」。「太極」也即是「大到了極點」。這將會發生甚麼狀況呢？

看太極圖，在陽儀的中心點，是一點的陰，在陰儀的中心點，是一點陽。這即是說，在太極了、大到了極點的時候，就會物極必反，走向另一極。這就是「陽極生陰，陰極生陽」了。

我的看法，後文也會解釋，這是代表了天時：天氣熱到了極點，便會變冷，天氣冷到了極點，便會變熱。這過程，是暗中漸變，當時不被發覺的，所以陰儀的中心才有一點陽，陽儀的中心才有一點陰。

在這裏，解釋一下天文學的一個基本常識。

一年當中最冷的幾天，通常是在二十四節氣的「大寒」前後，即是每年在 1 月 19 日至 21 日之間，但是，一年白天最短，黑夜最長的日子，卻是在冬至，即是 12 月 21 日至 23 日之間。為甚麼會有這個情況呢？

因為在冬至之後，日晒的時間雖然比較長，但只要它比當時的空氣和地表溫度更冷，天氣還是會繼續冷下去的。這必須要等到空氣和地表溫度也變暖了，日晒的時間也更加長，溫度才會開始逆轉。這好比一天最冷的時間，不是在中夜、天色最黑的淩晨十二時，而是在六時左右，這正是黎明前的黑暗最寒冷也。

同樣道理，一年日光最長的一日是在6月21日至23日之間的夏至，最熱的時間在7月21日至23日的大暑前後，這也好比一天最熱的時刻不是正午十二時，而是中午三時左右。

也許，古人正是觀察到在最冷的日子，也即是二十四節的「大寒」，其實白天已變長了，最熱的日子，也即是二十四節氣的「大暑」，黑夜也已變長了，才會領悟出陽極生陰，陽極生陽的道理。

2. 兩儀

兩儀的本義是陰和陽，正如我在前文的說法，「太極生兩儀」，兩儀就是太極的一部份，也即是上半年和下半年。

許慎的《說文解字》說：「陰，暗也，水之南，山之北也。」五代時南唐學者徐鍇寫的《說文系傳》說：「山北水南，日所不及。」《說文解字》又說：「陽，高明也，對陰言。」

換言之，陰陽的本義就是沒太陽和有太陽，寓意夏天和冬天，也即是太陽的消長。在此，我們參看太極圖，半邊是黑、半邊是白，黑中有白，白中有黑，正如證實了這說法。農曆的上半年是春夏，下半年則是秋冬，這也正好旁證出陰陽指的是下半年和上半年。

3. 三才

《易經 • 繫辭》說：「有天道焉，有人道焉，有人道焉，有地道焉。兼三才而兩之，故六。六者非它也，三才之道也。」

因此，傳統對「三才」的解釋就是「天、地、人」。我不甘心也不滿於這個形而上學的解釋。我的看法是，形而上學的背後，必然也有一個形而下的、實用性的解釋。

許慎寫的《說文解字》說：「才，艸木之初也。从 ，上貫一，將生枝葉。一，地也。凡才之屬皆從才。」換言之，草木生的嫩枝就叫「才」。

現在我們看看《易經》的卦象，那是由三根橫劃組成的，也即是三根嫩芽，名為「爻」。直而不斷的稱為「陽爻」，斷成兩截的是「陰爻」。在古時，占卜用的正是三根蓍草，到了戰國初期，才開始改用銅錢。

如果用三根蓍草來占卦，一共有 8 種組合，是為「八卦」，如果用上六根蓍草，則一共有 64 種組合可能性，是為之「八八六十四卦」。占卜時，則可把三根蓍草連占兩次，便可成為六十四卦中的一卦。這豈不正是前述《易經 • 繫辭》中的「兼三才而兩之，故六。六者非它也，三才之道也。」

4. 四象

如果兩儀是上半年和下半年，那麼，兩儀生四象，四象就是春、夏、秋、冬四季了。通常的解釋是，四象就是少陽、太陽、少陰、太陰，這正好也是四季：春天是少陽，夏天是太陽，秋天是少陰，冬天則是太陰。

順帶一提，從古人對天象的定義看，少陽指的是恆星，太陰指的是月球，少陰指的是行星，即金、木、水、火、土等五星。這證明了在那時，人們已知自發光線的恆星，和反射太陽光的行星，有著物理學的分別。

後人也把四象衍生出無窮無盡的附比式解釋，如東、南、西、北，青龍、白虎、朱雀、玄武等等，但它作為四季的代表說法，始終是存在的。

宋末元初的學者馬端臨在《文獻通考 • 職官考一 • 官制總序》說：

伏犧氏以龍為紀，故為龍師名官。師，長也。龍化其官長，故為龍師。春官有青龍，夏官為赤龍，秋官為日龍，冬官為黑龍，中官為黃龍。張晏曰：「庖犧氏將與，神龍負圖而至，因以名師與官也。」

從上文，可以得到青龍是春天，赤龍是夏天，日龍是秋天，黑龍是冬天。中間還有一條「黃龍」，後文會再有解說。

如果四季用上不同顏色的龍，倒不如用四種不同的生物，這當然更加清楚明白。我相信這就是青龍、朱雀、白虎、玄武的起源。

順帶一提，日是白天，變成「白虎」，是理所當然。「朱雀」是紅色，和太陽、炎熱的形象吻合。「玄武」即是靈龜，也可以是蛇頭的龜，兩者都是冬眠生物。「玄」是非常深的黑色，西漢時代孔子八世孫孔鮒寫的《孔叢子 • 小爾雅》說：「玄，黑也。」因此，黑龍變成玄武，也是順理成章的事了。

《易經 • 繫辭》：「在天成象，在地成形。」這即是說，「象」就是天象，「四象」即是四種天象，相信這正是其原來的本義。

換言之，「四象」就是四季，即是「四時」。1942 年，在長沙東郊楚墓發掘出來的《楚帛書》說：「未有日月，四神相代，乃步以為歲，是唯四時。」這四時之神就是：「長曰『青幹』，二曰『朱獸』，三曰『翏黃難』，四曰『墨幹』。」不消說，這就是青龍、朱雀、白虎、玄武的前身了。

1987 年，河南省濮陽縣城西水坡仰韶文化古址，發掘出一座六千五百年前的墓室，中部男性骨架的左右兩側，有用蚌殼精心擺塑的一龍一虎圖案，專家認為是天文圖案。1978 年挖掘出土的湖北隨縣曾侯乙墓，有一漆箱，寫有二十八宿的字，除此之外，也畫了類似濮陽墓室的龍虎圖案，這也佐證了龍虎圖案指的是天象。

古文字學家于省吾先生在《甲骨文字釋林》說：「商代和周初只有春秋兩季，後來發展為四季……甲骨文有時以春與秋為對貞（意思是將春和秋放在同一片甲骨上並列占卜）……甲骨文無‘夏’字，唯有‘冬’字，但均作‘終’字用（甲骨文中的“冬”字像兩頭打了結的繩子，本義是終了），當然亦無冬夏對貞之例。此乃商代有春秋而無夏冬之明徵。」

這證明了，用龍和虎來代表季節，是自遠古以來均有的作法。

對於「四時」，也即是「四季」的交迭變化，《墨子•貴義篇》有一個神話式的說法：「上帝以甲乙日殺青龍於東方，以丙丁日殺赤龍於南方，以庚辛日殺白龍於西方，以壬癸日殺黑龍於北方。」

5. 五行

所謂的「五行」，就是人所共知的金、木、水、火、土。「五行相生」就是：木→火→土→金→水，也即是木生火，火生土，土生金，金生水，水生木，解釋則是木乾暖生火，火焚木生土，土藏礦生金，金銷熔生水，水潤澤生木。反過來説，也有「五行相尅」：金→木→土→水→火，就是金尅木，木尅土，土尅水，水尅火，火尅金，即是金尅木，如木劈木，木尅土，如木插土，土尅水，如築堤防水，水尅火，這不用解釋了吧，火尅金，因大火可以熔金。

五行究竟是何來呢？很簡單，它即是金、木、水、火、土五大行星，因為單靠肉眼，人類只能看到這五顆星在動，其他的恆星由於距離地球太遠，看起來好像完全不動，故此稱為「恆星」。由於人們看到這五顆星不停的在動，所以稱為「行星」。

這五大行星，古時也稱為「五緯」。除了金、木、水、火、土之外，它還有五個古名，分別是：木星又叫「歲星」，火星又叫「熒惑星」，土星又叫「鎮星」，金星又叫「太白星」，水星又「辰星」。

一年大約有 360 日，三月春分時，在東方見到木星，在五月時，在天空的正中見到土星，七月夏至之後，在南方見到火星，在九月秋分時，在西方見到金星，十一月冬至之前，在北方見到水星，這就是五行和東南西北中五個方位掛鈎的起源了，也是它和一年之內的天時季節扯上關係的原因。後文會講及。

在中國，以至於西方，都認為天上的星星運行，和人類的命運互相掛鈎。換言之，從觀星可以預知個人，又或者是國家，以至於整個世界的未來命運。因此，五行的運作，也和命理之說不可分也。

這裏說說，五大行星的逆行問題。這五大行星都是繞著太陽公轉，理論上，它們只會順行，不可能逆行，可是，當它們距離地球很接近的時候，在天空看起來，有可能有著其他的恆星星看起來比它們走得更快，這就成了行星逆行的錯覺。當然了，逆行是很少見的，多半是看起來像不動，又或者是看起來像減了速，動得很慢很慢。

由於火星和地球距離得最近，兩者的繞日軌道又有部分重疊，因此，它的逆行情況特別嚴重，也特別可見。火星繞日公轉周期是 687 日，但在地球上觀察火星的會合周期則是 764 天至 806 天，一個周期會逆行大約 72 天。如果是肉眼可以看到的逆行，則大約是十幾年至幾十年一次，最近的兩次分別發生在 2001 年和 2016 年，下次則是在 2048 年。

古代中國人把火星逆行的現象稱為「熒惑守心」，在星象學是大凶之象，意味著戰爭或其他的大災難。

我有一個朋友，名叫「楊衛隆」，是占星術的專家。他對我說過：「總之凡是天空有不正常的異象，都主大凶，所以占星術通常只能夠占出災難，如股災，卻無法占出好事，如大牛市。」

我親見楊衛隆成功地占中了 2008 年的金融海嘯。2009 年，他占出代表美國的黑人會猝死，判定是奧巴馬，誰知卻是米高積遜。2011 年，他成功占出了東日本的大災難，判定為東京股災，誰知卻是福島大地震。2012 年，他占到了紐約州大災難，也以為是股災，誰知卻是前所未有的大風災。其占測的時間準確程度，誤差只在區區數日之間。

由於火星的軌道 (看起來) 不穩定，古中國的「火官」正是指國防部長。在西方，它也向來是戰爭的代表，Mars

同時也是戰神。這究竟是各自獨立發展出來的巧合呢，還是文化傳播，一方影響了另一方呢？

這正如很多人認為，中國的占星術來自西方，所謂的「飛星」，雖然可以計算，但卻是不存在的虛星，皆因這是西方的星象，中國的天空看不到。這課題實在太過深奧，作者再無精力去另闢戰線，去作深究，表過就算。

在中國，「五行」的應用無所不在，並不一定指 5 種物質，《尚書· 洪範》說：「五行：一曰水，二曰火，三曰木，四曰金，五曰土。水曰潤下，火曰炎上，木曰曲直，金曰從革，土爰稼穡。潤下作鹹，炎上作苦，曲直作酸，從革作辛，稼穡作甘。」《國語· 鄭語》說：「以土與金、木、水、火雜，以成萬物。」

換言之，這是把這 5 種物質的特性推演，從而可作比擬和解釋世間萬物。例如玄學界的「五德終始」，指的是歷史的發展遵循木、火、土、金、水之間的相互制約和轉化，形成了周而復始的迴圈運動。又如中醫，將「五行」對應肝心脾肺腎五臟，青赤黃白黑五色，目舌口鼻耳五竅，酸苦甘辛鹹五味，怒喜思悲恐五情等等。

這正如人們用十二種不同的生物，作為年份生肖，也有用鳥來作為不同的官職名稱，如《左傳 • 昭公十七年》說郯國：「我高祖少皞，摯之立也，鳳鳥適至，故紀於鳥，為鳥師而鳥名，鳳鳥氏歷正也，玄鳥氏司分者也，伯趙氏司至者也，青鳥氏司啟者也，丹鳥氏司閉者也，祝鳩氏司徒也，鴡鳩氏司馬也，鳲鳩氏司空也，爽鳩氏司寇也，鶻鳩氏司事也……」

後文會講到「五行曆」，即是以五行來作為一年五等份的季節的曆法。

6. 六合

通常，「六合」指的是上、下、東、南、西、北，也即是整個世界。但在曆法的世界，正如西漢時淮南王劉安及其食客所編撰的《淮南子‧時則訓》說：「六合，孟春與孟秋為合，仲春與仲秋為合，季春與季秋為合，孟夏與孟冬為合，仲夏與仲冬為合，季夏與季冬為合。」

簡單點說，「六合」是一個對稱的概念，把夏天和冬天來對稱並列，春天和秋天也對稱並列。事實上，如果從天文學來看，這個對稱也其科學性。

7. 七星

今人講到「七星」，指的是北斗七星，也即是大熊星座的 7 顆恆星，分別是大熊座 α、大熊座 β 、大熊座 γ、大熊座 δ、大熊座 ε 、大熊座 ζ 和大熊座 η，中國人叫作：天樞、天璇、天璣、天權、玉衡、開陽和、瑤光。它們又叫作貪狼、巨門、祿存、文曲、廉貞、武曲、破軍，相信研究紫薇斗數的讀者，對這些名字應該很熟悉了。

漢朝的緯書《春秋運斗樞》說北斗七星：「第一天樞，第二天璇，第三天機，第四天權，第五玉衡，第六開陽，第七瑤光。第一至第四為魁，第五至第七為標，合而為斗。」這北斗七星的前 4 顆構成容器狀，合稱為「斗魁」，也稱為「璇璣」，後三顆則成一線，是為「斗柄」，因為形狀像一柄斗，其斗口指向北極星，所以叫作「北斗七星」。

北極星在天空裏看起來像是永遠不動，其實當然是在動的，只是動得很慢。因此，西方人在未發明指南針時，往往在航海時觀察它來定位，因此它特別重要。

它的不動地位，亦代表了帝王。戰國時代的齊國人甘德寫了《天文星占》，魏國人石申寫了《天文》，後文把這兩書結合起來，成為了《甘石星經》，在宋朝時失傳了。《甘石星經》的殘卷記載：「北斗星謂之『七政』，天之諸侯，亦為帝車。」

古人還有用北斗七星的斗柄方向來判斷天時，戰國時楚國的著作《鶡冠子》說：「斗杓東指，天下皆春；斗杓南指，天下皆夏；斗杓西指，天下皆秋；斗杓北指，天下皆冬。」

除了北斗七星之外，當然還有太陽、月亮、金、木、水、火、土合稱為「五大行星」這「七曜」啦。

前面也講過，「七曜」又稱為「七政」。《尚書•舜典》說：「在璇璣玉衡以齊七政。」唐朝的學者孔穎達注疏說：「七政，其政有七，於璇璣察之，必在天者，知七政謂日月與五星也：木曰『歲星』，火曰『熒惑星』，土曰『鎮星』，金曰『太白星』，水曰『辰星』。」

《易經•繫辭》則說：「天垂象，見吉凶，聖人象之。此日月五星，有吉凶之象，因其變動為占，七者各自異政，故為『七政』，故稱『政』也。」

8. 日月

太陽和月球誰都知是啥，這裏略說關於它們的運行的相關名詞。

「恆星年」(sidereal year) 指的是地球繞行太陽的軌道周期，等如 365.25636042 日。「回歸年」（tropical year），又叫「太陽年」（solar year），指的是從天空觀看，太陽回到原來位置的周期，等如 365.2421990741 日。它比前者短 20 分鐘 24 秒。

「恆星月」（sidereal month）是月球繞行地球的軌道

周期，時間為 27.32166 天。「朔望月」（synodic month）指的是月圓月缺的周期，平均時間是 29.53059 天，其上下變化可達 7 小時。

換言之，年和月都有兩種不同的計算方法。下文會用到這些名詞。

9. 八卦

八卦是本書最重要的部分之一，也是主題所在。但是，這裏只會敍述八卦的一半內容，另一半內容，會在後文的曆法部分，才去繼續講述。

最早提及八卦的，是燧人氏，但一般認為，它是伏羲氏所創。除了玄學部分之外，大家也有共識，就是在古時，最高深的數學就是在八卦之中。根據傳説，周文王用的是另一套八卦，後人把伏羲氏所用的八卦稱為「先天八卦」，周文王所用的八卦稱為「後天八卦」，《易經》就是根據文王八卦所編撰的。現時流行所用的是後天八卦。

所謂「八卦」，代表了八種自然現象，即是天、地、水、火、雷、風、山、澤，其卦名則稱是：乾、坤、坎、離、震、巽、艮、兑。具體來説，八卦是由三枚爻所組成的，一整根奇畫「—」為陽爻，斷成兩截的偶畫「--」為陰爻。

很多時，八卦的中心是一個太極，這證明了，太極和八卦是不可分的。至於其箇中的關係為何，後文再説。

用爻的符號來表達八卦：乾是☰，坤是☷，坎是☵，離是☲，震是☳，巽是☴，艮是☶，兑是☱。宋朝的學者朱熹寫了《八卦取象歌》，來加強人們對八卦的記憶：「乾三連（☰），坤六斷（☷），震仰盂（☳），艮覆碗（☶），離中虛（☲），坎中滿（☵），兑上缺（☱），巽下斷（☴）。」

八卦是單卦，即是由三個爻組成，如果由六個爻組成，即是兩個八卦，便叫「重卦」，一共有 64 個組合形式，就是八八六十四卦。

大家也許會奇怪，為甚麼我在前文，主要說的是曆法、星象、科學，卻忽略了玄學，但在討論到八卦時，卻只說玄學呢？這是因為要把大部分的內容，留待後文去分析，但後文的分析得結合其他的內容，一步一步的討論下去，才能得出結論。八卦只是前提的一部分，不足以得出結論，因而稍說玄學，作為調劑。

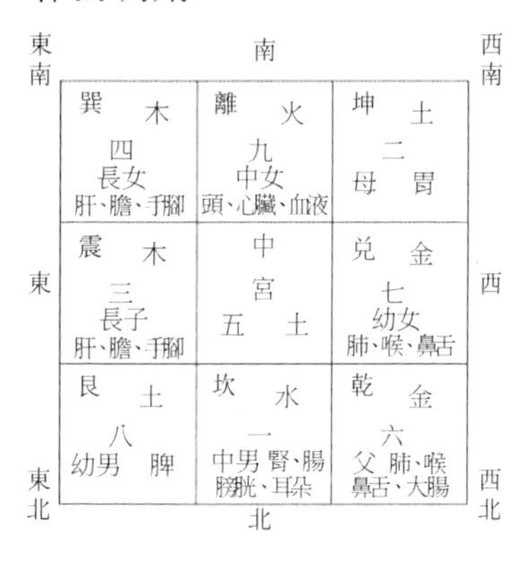

10. 九宮

八卦是為八個宮，再加一個中宮，就是九宮了。這即是所謂的：一宮坎（北），二宮坤（西南），三宮震（東），四宮巽（東南），五宮（中），六宮乾（西北），七宮兑（西），八宮艮（東北），九宮離（南），這也代表了八方加上中間。

九「宮」就是 9 間房子，圖畫是九個方格，也即是我們常常說「九宮格」。如果把這九格填上數字，第一行是 4、9、2，第二行是 3、5、7，第三行是 8、1、6，東漢時的數學家和天文學家徐岳在《術數記遺》說：「九宮算，五行參數，猶如循環。」

北周時代的數學家和天文學家甄鸞對此的注釋是：「九宮者，即二四為肩，六八為足，左三右七，戴九履一，五居中央。」這就是有名的《九宮算圖》，從數學來看，這相等是雛形的矩陣。

		離		
巽	4 ☴	9 ☲	2 ☷	坤
震	3 ☳	5	7 ☱	兑
艮	8 ☶	1 ☵	6 ☰	乾
		坎		

換言之，九宮和八卦的分別，是九宮包含了在當時算是十分高深的數學，漢朝已有「九宮術」和「九宮算」。它其實是衍生自更早得多的《河圖》和《洛書》，有關這兩幅古代數圖，後文會有專章論述。

11. 天干

天干分為10個符號，也即是10個字組成：甲、乙、丙、丁、戊、己、庚、辛、壬、癸，也可套之為1、2、3、4、5、6、7、8、9、10，沒有分別。總之，在古時，它們是用來作為排序的方法。十天干也有陰陽五行之分，分是甲木、乙木、丙火、丁火、戊土、己土、庚金、辛金、壬水、癸水，其中的甲、丙、戊、庚、壬是陽，乙、丁、己、辛、癸是陰。這是玄學，表過就算。後文也會講到。

12. 地支

地支就是子、丑、寅、卯、辰、巳、午、未、申、酉、戌、亥，一共有 12 個。

如果在玄學，則是把十二地支結合成為 6 種關係，即是子與丑合，寅與亥合，卯與戌合，辰與酉合，巳與申合，午與未合。玄學的慣例，有相合，必然有其相沖，這相沖就是子與午相沖，丑與未相沖，寅與申相沖，卯與酉相沖，辰與戌相沖，巳與亥相沖。

大家都知道的十二生肖，就是把十二地支配上了 12 種農家常見的動物，因為十二地支的名字太過難記了，所以用動物來代替：鼠、牛、虎、兔、龍、蛇、馬、羊、猴、雞、狗、豬，越南則用「貓」來取代中國的「兔」。印度則把「虎」換成了「獅」，「雞」則換成「金翅鳥」。

如果配合十二地支，就是：子鼠、丑牛、寅虎、卯兔、辰龍、巳蛇、午馬、未羊、申猴、酉雞、戌狗、亥豬。

把十二生肖配上玄學，就是：鼠與牛合，虎與豬合，兔與狗合，龍與雞合，蛇與猴合，馬與羊合，至於相沖的，則是鼠與馬沖，牛與羊沖，虎與猴沖，兔與雞沖，龍與狗沖，蛇與豬沖。

中國人把一天分為 12 份，即 12 個時辰，這 12 個時辰也是用地支來作表達。

13. 天干地支

天是日，即是太陽，那是「主幹」是為天干，地則只是「分枝」，是為地支。

10 天干加上 12 地支，可以製造出一個數字 60 的循環：甲子、乙丑、丙寅、丁卯、戊辰、己巳、庚午、辛未、壬申、癸酉、甲戌、乙亥、丙子、丁丑、戊寅、己卯、庚辰、辛巳、壬午、癸未、甲申、乙酉、丙戌、丁亥、戊子、己丑、庚寅、辛卯、壬辰、癸巳、甲午、乙未、丙申、丁酉、戊戌、己亥、庚子、辛丑、壬寅、癸卯、甲辰、乙巳、丙午、丁未、戊申、己酉、庚戌、壬寅、癸卯，一共有60個不同的組合，從甲子到甲子，就完成了一個循環，是為之「一甲子」。

中國人通常用數字來表達基數，即是1，2，3、4，5，用天干來表達序數，即第一，第二，第三，第四，第五，就是甲、乙、丙、丁、戊……因此，天干地支可說是無處不見，到那裏都能看得到。

14. 歲星紀年

很自然，地支應該是月，因為共有12個地支。東漢時的訓詁學家張揖在《廣雅 • 釋天》說：「甲乙為幹，幹者，日之神也。寅卯為枝，枝者，月之靈也。」

有人認為，地支應該是來自「歲星紀年」。換言之，是紀年而非紀月。這也有一定的道理，皆因以生肖就是以「年」來作單位。

「歲星」就是木星，地球見到它運行的周期是11.86年，大約是12年，因此古人把它用一個12年的周期去計算曆法，這種曆法在春秋戰國時十分流行。這種曆法把天空分為12份，即是星紀、玄枵、娵訾、降婁、大梁、實沈、鶉首、鶉火、鶉尾、壽星、大火、析木，即是對應今日黃道十二宮的摩羯、寶瓶、雙魚、白羊、金牛、雙子、巨蟹、獅子、處女、天秤、天蠍、人馬。歲星每年運行一個星次，12年為一循環。

戰國時代常常有關於歲星運作的記載，例如說，《左傳 • 襄公二十八年》說：「歲在星紀，而淫於玄枵。」

戰國時代的字典《爾雅》說：「星紀，斗，牽牛也。」晉朝學者郭璞的注是：「牽牛斗者，日月五星之所終始，故謂之『星紀』。」

簡單點說，它叫做「星紀」，皆因它是歲星紀年的第一個星宮。《晉書 • 天文志》說：「自南斗十二度至須女七度為星紀，于辰在丑。

歲星紀年也為十天干取了另外的名字：閼逢、旃蒙、柔兆、強圉、著雍、屠維、上章、重光、玄黓、昭陽。因此，如果用歲星周期的天干地支名稱，甲寅年可以稱為「閼逢攝提格」，司馬光寫《資治通鑑》，便是採用了這一種紀年方式。

人們使用歲星紀年，又假設出一顆不存在的星，叫作「太歲星」。歲星是自西向東而行，經過 12 個星宮的順序叫「十二次」，假設的太歲星則是自東自西而行，經過 12 個星宮的順序叫「十二辰」。

犯太歲就是出自這顆歲星和地球的互動運行，但這是玄學，本書不管了。

然而，當我寫作以上這段，也不禁生了懷疑。如果根據《史記 • 五帝本紀》的說法：「黃帝受神筴，命大撓造甲子，容成造曆是也。」《呂氏春秋 • 尊師》說：「黃帝師大撓。」東漢學者高誘的注解是：「大撓作甲子。」

史上究竟有無黃帝其人，尚在爭拗，但天干地支早在幾千年前已存在，則無疑義。

然則歲星紀年呢？

我們知道，歲星紀年在戰國時期甚為流行，但這已經是傳說中的黃帝之後幾千年後的事了。所以，我並不認為曾經大規模地使用過歲星紀年，而相信傳統智慧：地支是來自月球的繞地球周期，一年是 12 個月。

不過，正如「五行」可同時用來解釋不同的事物，地支也有好些不同的用途，也不是正常的事。

15. 二十八宿

西方人把天空分為十二星座，中國人除了也把天空分為 12 份的「十二辰」和「十二次」之外，也有把天空分為二十八宿，以月球繞行經過作記，每一宿均以一顆恆星為距星，以此作為天文坐標。之所以叫「宿」，因古人把月球每一天所在的恆星帶，就被看成是它當晚居住的地方。

由於「恆星月」的周期是 27.3 日，所以早期中國也有叫作「二十七宿」。其路徑稱為「白道」，至於太陽運轉，則稱為「黃道」，黃道的 12 個星宮就是「黃道十二宮」，也即是無人不識的 12 星座。

至於白道，則分成 28 段，是為「二十八宿」。二十八宿分為 4 組，分為青龍、白虎、朱雀、玄武，分駐東、西、南、北四方，也稱為「四象」。一組有 7 宿，分為日、月、金、木、水、火、土。東方七宿的全名是：角木蛟、亢金龍、氐土貉、箕水豹、尾火虎、房日兔、心月狐。南方七宿的全名是井木犴、鬼金羊、柳土獐、軫水蚓、翼火蛇、星日馬、張月鹿。西方七宿的全名是：奎木狼、婁金狗、胃土雉、壁水㺄、觜火猴,昂日雞、危月燕。北方七宿的全名是：斗木豸、牛金牛、女土蝠、参水猿、室火猪、虛日鼠、畢月烏。

埃及、印度、巴比倫、波斯也有月系星宿的類似體系，很多學者相信，中國的二十八宿是來自西方，大約在戰國時代傳入來。不過，二十八宿其中的一些星宿名字，也許早在帝堯時代，已經有了。如果二十八宿真的是戰國時代的產物，本書的描述時期卻比戰國早上二千年，故此表過就算。不過，這正好解釋了為何本來是用來區分「四象」的青龍、白虎、朱雀、玄武，忽然又來區分二十八宿：皆因到了戰國時代，人們已經忘記了「四象」的原來用法。

16. 河出圖、洛出書

本書的寫作主題之一，就是企圖詮譯幾本玄學經典：《河圖》、《洛書》、《易經》。正如我一直所言，我研究歷史，不是研究玄學，因此，本書的寫作角度，也是從歷史去看，因此解說這三本玄學經典，也是只述歷史，不說玄學。不過，我不會老調重彈，把舊說再述一遍，而是有新的見解，如果不是有新見解，就不會撰寫本書了。

然而，在發表新見解之前，也得把舊說快速陳述一遍，否則讀者看來會摸不著頭腦。不過我想，玄學底子的讀者，在看本書時，也會有點不明所以。

上一部分，我重彈了從太極到二十八宿的老調。這一部分，則輪到《河圖》、《洛書》、《易經》。至於我的創見，則要待到讀者閱讀了、掌握了舊說之後，才繼續舖陳。

《河圖》和《洛書》是中國最早的數學或曆法計算，《易經 • 繫辭》說：「天垂象，見吉凶，聖人象之。河出圖，洛出書，聖人則之。」《春秋緯》則說：「河以通乾出天苞，洛以流坤吐地符。河龍圖發，洛龜書感。」東漢經學家鄭玄在《六藝論説》：「《河圖》、《洛書》，皆天神之言語，所以教告王者也。」

17.《河圖》、《洛書》和伏羲八卦的關係

根據記載，《河圖》和《洛書》是伏羲氏所創造出來的，而且和八卦大有關係。《禮緯 • 含文嘉》說：「伏羲德合天下，天應以鳥獸文章，地應以《河圖》、《洛書》，乃則之以作《易》。」

換言之，《河圖》和《洛書》是比《易經》更早的著作，而且，伏羲氏的創作《易經》，也是受到了這兩者的啟發。

第二部分

這也是中國最早的玄學著作。不知這時是否發明了文字，這兩本著作是圖，沒有文字。

在《河圖》和《洛書》這兩者之間，前者的記載比較多，戰國時代成書的《禮記 • 禮運》說：「故天降膏露，地出醴泉，山出器車，河出馬圖，鳳凰麒麟皆在郊棷，龜龍在宮沼，其余鳥獸之卵胎，皆可俯而窺也。則是無故，先王能修禮以達義，體信以達順，故此順之實也。」

西漢時的經學家孔安國注《尚書 • 洪範》說：「伏羲王天下，龍馬出河，遂則其文以畫八卦，謂之《河圖》，及典謨皆歷代傳寶之。」

《帝王世紀》說：「伏羲，風姓，有大聖德，繼天而王，位正東方，象日之明，以木德而治天下。仰以觀乎天文，俯以察乎地理。近取諸身，遠取諸物，始畫八卦，以通神明之德，以類萬物之情。」

《漢書 • 五行志》也說：「劉歆以為伏羲氏繼天而王，受《河圖》，則而圖之，八卦是也。」

18. 其他帝王與《河圖》和《洛書》的關係

《竹書紀年》說：「黃帝五十年秋七月，庚申，鳳鳥至，帝祭於洛水。」南朝史學家沈約寫的注：「龍圖出河，龜書出洛，赤文篆字，以授軒轅。」當然，軒轅黃帝作為開國之帝，不可太過年輕便奪得帝位，故而也不大可能在位 50 年，不過，正如我在《古史密碼》所說過，古史所描述的年份細節不對，並不代表其事並不存在。

除了此段之外，唐朝學者劉伯莊在《史記音義》說：「黃帝東巡河過洛，修壇沉壁，受龍圖於河，龜書於洛。」南宋學者羅泌寫的《路史》也說：「黃帝有熊氏，河龍圖發，洛龜書成……乃重坤以為首，所謂《歸藏易》也，故曰『歸藏氏』。」

除了黃帝之外，其他古代著名帝王，也曾經接受過《河圖》，例如說，帝堯。《尚書緯・中候・握河紀》說：「堯時受河圖，龍銜赤文綠色。」南朝沈約寫的《宋書・符端志》說：「帝在位七十年，修壇於河、洛，帝堯等升首山遵河渚，乃省龍馬銜甲赤文，綠龜臨壇而止，吐甲圖而去，甲似龜，背廣九尺，其圖以白玉為檢，赤玉為字，泥似黃金，約以專繩。」

對於帝舜，《宋書・符端志》的說法則是：「舜設壇於河，黃龍負圖，圖長三十三尺，廣九尺，出於壇畔，赤文綠錯。」

最後一提，傳說中的倉頡，也曾經得到過《洛書》。宋朝的羅萍注《河圖》的緯書《河圖・玉板》說：「倉頡為帝南巡，登陽虛之山，臨於玄瀘洛之水，靈龜負書，丹甲青文以授之。」

19.《河圖》和《洛書》的真實性

在古時，很多人懷疑過《河圖》和《洛書》的真實性。例如說，清朝學者紀曉嵐便寫過：

世傳《河圖》、《洛書》，出於北宋，唐以前所未見也。《河圖》作黑白圈五十五，《洛書》作黑白圈四十五。考孔安國《論語注》，稱《河圖》即八卦。

安國《論語注》今已不傳，此條乃何晏《論語集解》所引是孔氏之門，本無此五十五點之圖矣，陳摶何自而得之？至《洛書》既謂之書，當有文字，乃亦四十五圈，與《河圖》相同，是宜稱《洛圖》，不得稱書。《繫詞》又

何以別之曰《書》乎？劉向、劉歆、班固並稱《洛書》有文，孔穎達《尚書正義》並詳載其字數。

查《河圖》和《洛書》，在漢朝之後，從來沒有人看到過，在漢朝之時，也只是神秘地流傳著，否則劉歆也不會以為《尚書 • 洪範》就是《洛書》，而也有漢朝的孔安國和後世很多學者認為八卦就是《河圖》，畢竟正如前述，八卦和《河圖》的確是大有關係。

《洛書》沒有文字，的確不像是「書」，但又焉知在上古時代，「圖」不能稱為「書」呢？再說，《洛書》從古以來，即有數學和曆法的解釋，如果把它當作了《尚書 • 洪範》，則它和八卦、《河圖》、《易經》等等數學和曆法又拉不上關係了。

換言之，把《洛書》視作《洪範》，無疑可以解通了某些問題，但另一些問題卻變得更不通了。

在漢朝，讖緯之術大為流行，到了三國時，則因這常被造反者加以利用，已被嚴令禁止了，直至宋朝，著名道士陳摶，先後被周世宗郭榮和宋太宗趙匡義兩朝君主召見，地位超然，公開了私藏的《河圖》和《洛書》，但後世很多學者均以為這是偽造的。不過，宋朝大儒朱熹卻把這《河圖》和《洛書》放了在他所著的《周易正義》的卷首，顯然是承認了其真實性。

在 1977 年發掘出來的西漢汝陰侯夏侯灶夫婦的合墓，也即是漢朝開國功臣夏侯嬰的兒子和兒媳，墓中有六壬栻盤、太乙九宮占盤、二十八宿圓盤等漆器。

太乙九宮占盤分為兩個盤，天盤的的九宮圖案在每條等分線的兩端刻有：一君對九百姓、二對八、三相對七將、四對六，地盤則是二十四節氣，和《洛書》的布局相同，這因而證明了早在西漢時期，《洛書》已經存在了。

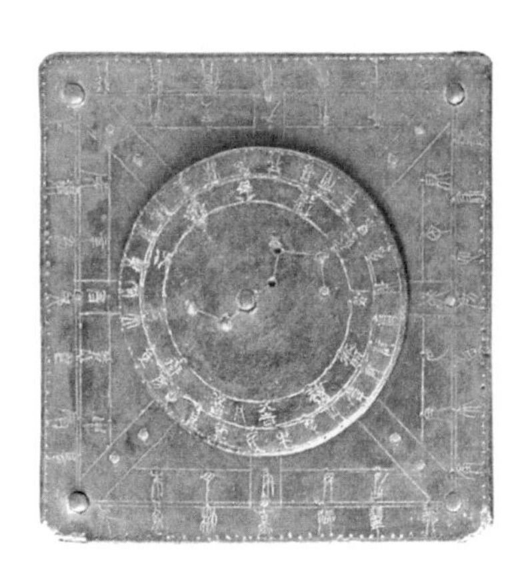

注意，早在黃帝的時代，《河圖》和《洛書》已經同時存在，也先後交了給黃帝和帝堯。但在但在後期的夏禹和商湯，卻只強調收到了《洛書》。

20.《河圖》與龍馬

《河圖》這名詞，分由「河」和「圖」兩字組成，不消說的，「圖」就是圖畫，在戰國之前，「河」是黃河的專稱，許慎的《說文解字》說：「河，河水出敦煌塞外昆崙山，發原注海。」換言之，《河圖》的字面意思就是「黃河的圖」。

傳統的圖象，《河圖》是由「龍馬」背負出來，正如前引西漢時的經學家孔安國注《尚書 • 洪範》說：「伏羲王天下，龍馬出河，遂則其文以畫八卦，謂之《河圖》，及典謨皆歷代傳寶之。」

也有單單說「龍」的，例如《宋書 • 符端志》說：「舜設壇於河，黃龍負圖。」亦有單單說「馬」的，例如《禮記 • 禮運》說：「故天降膏露，地出醴泉，山出器車，河出馬圖。」

很多時，人們會把「龍馬」畫成龍頭馬身，這當然是現實不存在的生物。戰國時代成書的《周禮》說：「馬八尺以上為龍，七尺以上為騋，六尺以上為馬。」換言之，「龍馬」就是個子大的馬。我也不同意這種說法。

「龍」是很容易解釋的。唐朝的司馬貞在《三皇本紀》說：「太皞，庖犧氏，風姓，代燧人氏繼天而王……有龍瑞，以龍紀官，號曰『龍師』。」換言之，伏羲氏是崇拜龍圖騰的氏族，而《河圖》是伏羲氏的發明，因此自然以「龍」為標誌了。

至於「馬」，我的看法是，這不是動物的「馬」，而是籌碼的「碼」，因「碼」的古字正也是「馬」。

「碼」從「石」字旁，它是石頭的一種。南朝學者顧野王寫的字典《玉篇》說：「碼，碼碯，石次玉也。」另外一個解釋是用作計算單位，如籌碼、砝碼。在古時，一顆一顆的石頭就是用來計算的工具。

中國歷史上發明造紙的人是東漢宦官蔡倫，稱為「蔡侯紙」，但其實，早在西漢或更早的年代，已經有紙了，1986年在天水市放馬灘發掘出來的多個秦墓和（西）漢墓，便有了用紙製的地圖。

字不一定要寫在紙張上，只要有布，也發明了墨，便可以把字寫在布上。布是很早很早已經發明了的，否則人類不可能在北方生存，如果只穿獸皮，雖然可以熬過冬天，但在春天和秋天則太熱了。至於墨，《莊子・田子方》說：「宋元君將畫圖，眾史皆至，受揖而立，舐筆和墨，在外者半。」因此，在戰國時代，也應已發明了墨，可寫字在竹簡上，或寫在布上。

然而，在上古時代，應該還未有墨，固然可把字和圖刻在竹簡，但是要長期保存的文字和圖畫，相信沒有比刻石更加可靠的了。如果刻字，也許不容易，但是《河圖》只是鑽孔，而非旋字去刻，實在易如反掌。事實上，前述的淩家灘遺址，正是把孔鑽在石版，以及在石上刻紋。

《尚書 • 顧命》是周成王臨死之前，召來眾位大臣，保奭、芮伯、彤伯、畢公、衛侯、毛公、師氏、虎臣、百尹、御事等人，所作出的遺言：「嗚呼！疾大漸，惟幾;病日臻，既彌留，恐不獲誓言嗣，茲予審訓命汝……」其中講及他的寶物的分佈：「狄設黼扆、綴衣。牖間南向，敷重篾席、黼純；華玉仍幾。西序東向，敷重底席、綴純，文貝仍幾。東序西向，敷重豐席、畫純，雕玉仍幾。西夾南向，敷重筍席、玄紛純，漆仍幾。越玉五重：陳寶、赤刀，大訓、弘璧，琬、琰，在西序；大玉、夷玉、天球、河圖，在東序。胤之舞衣，大貝、鼖鼓，在西房；兑之戈、和之弓、垂之竹矢，在東房。大輅在賓階面，綴輅在阼階面，先輅在左塾之前，次輅在右塾之前。」

這其中的大玉和夷玉當然是玉石，古人相信「天圓地方」，我估計，「天球」是天空的模擬，很可能還包括了星空圖，當然也是玉石製的。如果把這三者和《河圖》一起擺放在東序，那麼，可以推理出，《河圖》也是一塊玉石，正如淩家灘的那塊玉版。

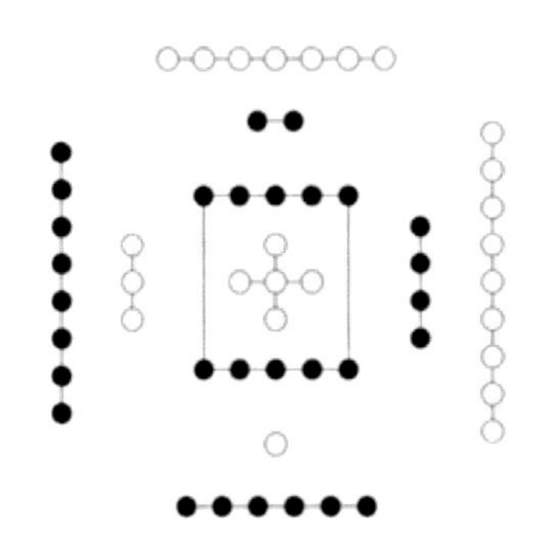

21.《洛書》

顧名思義，《洛書》也即是「洛水的書」。洛水是黃河的支流，主要流在陝西省東北部及河南省西北部，在河南省注入黃河。洛陽市的「洛」字便是出自洛水。「陽」在古中文，有自相矛盾的兩個解法，一是山的南部，一是水的北部。因此，衡陽市是在衡山的南部，洛陽市則在洛水的北部。

《洛書》和《河圖》的最大分別，是它是由 1 至 9 這 9 個數字組成，但《河圖》則是由 1 至 10 這 10 個數字組成。表面上，《洛書》少了一個數字，但由於它的排列方式和九宮相同，因而又多出了一些數學運算，也即是數學上的幻方，例如說：《大戴禮記 • 明堂》說：「明堂者古有之也，凡九室。二九四，七五三，六一八。」這個幻方無論從上下、左右、斜角的 3 個數字相加起來，皆是 15，古人計算上來，一定覺得很妙。

現在說《洛書》和龜背的關係。在古時，能夠用來刻字的堅硬事物，除了石板之外，便是龜背。當然了，這並不需要像古籍的所載，是由一頭活生生的龜去背負著《洛書》，但是把《洛書》鑽在龜板上，卻是很正常的做法。如果是更奢侈的做法，就是像淩家灘遺址般，把玉石雕成龜狀了。

不過，在古時，把重要文件的內容刻在玉石製的板上，也是常有的做法。西漢時成書的《黃帝內經》說：「至數之要，迫近以微，著之玉版，命曰『合玉機』。」東晉時王嘉寫的《拾遺記》的記載：「帝堯在位，聖德光洽，河洛之濱，得玉版方尺，圖天地之形。」漢朝有一本《河圖》的讖緯書，正是叫作《河圖 • 玉板》，以喻其內容之重要。

前文說過，很多人懷疑過，為何《河圖》是圖畫，《洛書》也是圖畫，為何稱為「書」呢？我有一個大膽的假設，就是《河圖》是石板，十分沉重，但《洛書》卻是輕盈的龜板，因此可以串連成書，這便是《洛書》了。

如果《河圖》和《洛書》是由石板或龜甲所製成，那麼，圖上的圓孔，便是鑽孔而成。在硬物上畫出圖畫，並非易事，在那時，縱然有文字，識字的人也是極少數，大眾無法閱讀文字，因此，鑽孔是最簡單的表達方式，群眾一目便可瞭然。

對於《河圖》和《洛書》，坊間還有很多數學上的衍生和應用，但本書既非玄學書，也非數學書，而是歷史研究，對於玄學和數學的內容，略去不提。

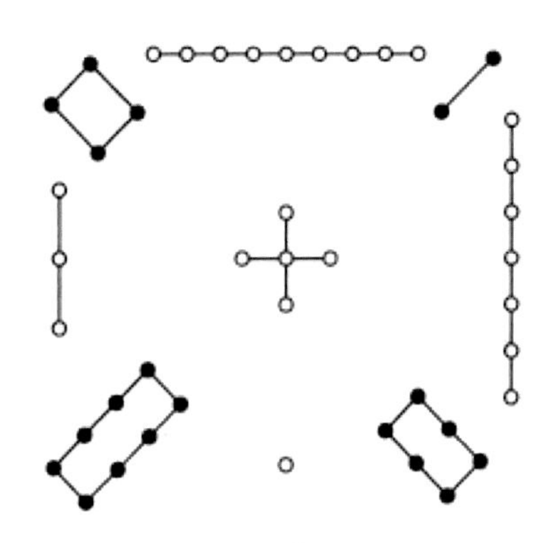

22. 甚麼是《易經》？

唐朝學者孔穎達寫《五經正義》說：「《河圖》有九篇，《洛書》有六篇。」我相信這是指其緯書。所謂的「緯書」，也即是解釋「經書」的作品，例如前引的《河圖 • 玉版》。在考古發掘出來的八卦，往往在圖像的周旁寫滿了文字，我認為，這也許正是緯書的前身，我估計，《易經》多半也是《洛書》的緯書。

《易經》的英文名字，一是音譯作「I-Ching」，另一則是意譯為「The Book of Change」，或「Classic of change」，意即「變更之書」。

從字的象形去拆解，「易」字由「日」和「勿」兩字組成，究竟甚麼是「日」，誰都知道，不用多言。但是對「勿」，卻是眾說紛紜，有人說，這是三足鳥的三隻腳，「日」加「勿」就是在太陽照耀下飛翔中的三足鳥，又有人說，「日」加「勿」就是「日出」，東漢時期的道士魏伯陽寫的玄學書《周易參同契》則說：「坎戊月精，离己日光，日月為易，剛柔相當，土旺四季，羅絡始終，青赤黑白，各居一方，皆秉中宮，戊己之功。」換言之，「易」就是「日」加「月」，因此它代表了「變更」。

無論魏伯陽說得對不對，《易經》的主題的確是「變」。然而，究竟甚麼是「變」呢？

大部分學者都同意，《易經》本來是一本曆書，後來變成了一本占筮書，因而也引申成為了哲學書。換言之，它是一本三合一的集合體。

如果把魏伯陽的「日月為易」之說套進去，日月變遷，就是曆法，這當然是合適不過的說法。然而，《易經》的曆法究竟是基於哪一個曆法系統，卻是眾說紛紜，沒有人得出一個明確的答案來。

把曆書變成卜筮書，也是有其必然，皆因卜筮說的是未來之事，曆書說的是星象的變化，未來的時間運行，兩者正好配襯。因此，用星象來預測未來，是古今中外皆通的卜筮之法，而把曆書變成卜筮，也是多有之事，像今日的《通勝》內容，也有占卜的部份。

至於把《易經》視為哲學，查世上無書不是哲學，《論語》是哲學，科學也有哲學，理財亦基於哲學，甚至是小說作家，如 Ain Rand，也自成哲學系統，因此，把《易經》視為哲學，固是必然，也不足論。

23.《易經》作為卜筮書的重要性

為甚麼在古時，《易經》如此重要呢？皆因《易經》是用來占卜的，根據《史記 • 龜策列傳》：

太史公曰：「自古聖王將建國受命，興動事業，何嘗不寶卜筮以助善！唐虞以上，不可記已。自三代之興，各據禎祥。涂山之兆從而夏啟世，飛燕之卜順故殷興，百穀之筮吉故周王。王者決定諸疑，參以卜筮，斷以蓍龜，不易之道也。」

蠻夷氐羌雖無君臣之序，亦有決疑之卜。或以金石，或以草木，國不同俗。然皆可以戰伐攻擊，推兵求勝，各信其神，以知來事。

這即是說，古時的政府無論做甚麼政治大事，都要先行占卜。《史記 • 龜策列傳》又說：「聞古五帝、三王發動舉事，必先決蓍龜。傳曰：『下有伏靈，上有兔絲；上有擣蓍，下有神龜。』」

中國人用以參考、對照、解釋占卜結果的，從古至今，都是《易經》。至於異族，則用的是其他的占卜方法，和中國人並不相同。

最後一提是，《禮記 • 曲禮》說：「龜為卜，策為筮。」用龜甲來占吉凶，是用火燒它，觀察它的裂紋形狀。「策」或「筮」則是蓍草，用三根蓍草來占吉凶，就是《易經》的卦象。

古時的專家對於占卜所用的材料，極度講究，《史記 •

龜策列傳》說：「略聞夏殷欲卜者，乃取蓍龜，已則棄去之，以為龜藏則不靈，蓍久則不神。至周室之卜官，常寶藏蓍龜；又其大小先後，各有所尚，要其歸等耳。」換言之，夏朝和商朝時，用的是新鮮的龜和策，但周朝時，其龜殼和蓍草則收藏在宮中。

24.《易經》的歷史

儒家的「六經」分別是《詩經》、《尚書》、《三禮》(《周禮》、《儀禮》、《禮記》)《易經》、《樂經》和《春秋》。這其中的《樂經》已經失傳了，其餘的四經並非孔子所撰，而是有著更古老的傳統。孔子只寫了《春秋》一經。

不過，根據《史記 • 孔子世家》的說法：「孔子晚而喜易，序《彖》、《繫》、《象》、《說卦》、《文言》。讀《易》，韋編三絕。曰：『假我數年，若是，我於《易》，則彬彬矣。』」如果這說法屬實，今日所流傳的《易經》，其中一部分是出自孔子的手筆。

《易經》一共有三個版本，《周禮 • 春官 • 大卜》說：「太卜掌三易之法，一曰《連山》，二曰《歸藏》，三曰《周易》。其經卦皆八，其別皆六十有四。」換言之，八卦演變出六十四卦，而《易》就是從八卦、六十四卦所衍生出來的。

我們現在說的《易經》，就是《周易》，即是周朝使用和流傳下來的《易經》。相傳《周易》是由周文王被商朝的帝辛所囚禁時，所創作出來的，《史記 • 太史公自序》說：「西伯拘羑里，演《周易》。」但是正如前言，在周朝的太卜，也即是卜筮部門的主管，是同時掌握了《連山易》、《歸藏易》和《周易》的文字和占卜技法。

唐朝學者孔穎達注疏的《周易正義》進一步說：「文

王作《易》之時，正在羑裏，周德未興，猶是殷世也，故題周別於殷。以此文王所演故謂《周易》。其《周書》、《周禮》，題周以別余代。」他之所以這樣説，皆因商朝所使用的，是《歸藏易》，在周文王被囚禁之時，是還未有《周易》的出現。

一如古時所的著作，一本書的形成，通常不是一個人的創作而成，而是經過多代人的累積增減修訂，所製作出來的集體創作版本，相信《周易》也不例外。當然，這並不排除周文王曾經對《周易》下過功勞，但也不排除這是附會他的大名而產生的作品，與他的創作完全無關。

順帶一提，秦始皇焚書，並沒有焚及卜筮書，因此也沒有波及《易經》。再一提，秦焚書也並沒有焚及皇家圖書館的藏書，但項羽一把火把秦宮焚毀了，從此連許多孤本也消滅了。

總括而言，閱讀古籍的基本原則是：

1. 古時的文字作品，可以是全假，即是完全不是該作者所寫，甚至完全不是那一個年代的作品。

2. 也可以是半假，即是該作者寫了初稿，但經後人，很多時是他的弟子門徒，所增減改寫。

3. 很少是全真，皆因古時並沒有著作權，後人傳抄時，不免把古代文字「翻譯」成當時流行的現代文字，也會把自己認為原作品是錯的、自己所想才是對的，以及自己思考和學習的一己之得，統統加在舊作之中。因此，要把古代著作原封不動的流傳到漢朝，並不容易，皆因那時的人們開始比較著重作者的真偽。

4. 縱是有假的成分，也並非全無價值。古時並沒有寫作賺錢的誘因，縱是偽托古人而作，也並非胡説八道，而是有的放矢，也包含了很多寫作當時的有效資訊。再説，很多時，作品縱非他本人所寫，但往往是由他的門徒所作記述，因而也保留了很多本人和其門派的思想。有時候，所謂的「偽作」不過是根據更古老的文獻，或口頭傳説，用當代語言重新改寫。《尚書》的很多篇，均被推測為這一類的作品。

25.《易》的卦和爻

《易》的構成中心是八卦，正如前文説過，八卦是由三枚爻所組成，一整根奇畫「—」為陽爻，斷成兩截的偶畫「--」為陰爻。陰爻和陽爻 2 種變化，一共三枚，組合起來，共有 8 種變化，是為「八卦」。

很明顯，如要預卜未來，8 種變化並不足夠。香港的廟宇如黃大仙、車公廟等的求籤讖文，一共有 100 種變化，才足以應付卜筮之所需。如果把八卦重覆一次，即是把三爻變成六爻，便可有 64 種變化，足以應付卜筮之所需，是為八八「六十四卦」。

這六十四卦的每一卦，先有一段總論，是為「卦辭」。再者，每卦均由六個爻組成，後文也分有 6 段文字，即「爻辭」，64 X 6=384，即共「三百八十四爻」，384 種變化。

26.《周易》的傳

在古代，「經」的意思，是「經典的作品」，是神聖的。但是，在「經」的下部，還可有「傳」，是用來詮釋「經」。這好比《春秋》是「經」，在其之下，則有「三傳」，即《左傳》、《穀梁傳》、《公羊傳》，用來詮釋《春秋經》的微言大義。

同樣道理，《周易》除了「經」的部分，也有「傳」。前文講過，這些「傳」，司馬遷在《史記》説是孔子所寫，但也有人認為是集體創作，當然也不排除孔子修訂了前人的所言，後人也修訂了孔子的修訂。甚至有人認為，部分內容寫自西漢時。在古時，這是普遍的做法。

《周易》的傳包括了《彖傳》上下兩篇，講的是一卦的狀況，《象傳》上下兩篇，是進一步解釋卦的內容，《繫辭傳》上下兩篇，講的是《周易》的哲學原理，《說卦傳》講的是八卦的意義，可引申於天下萬物，《序卦傳》講的是六十四卦排列次序的理由，《雜卦傳》是對卦象的一些雜寫，《文言傳》則主力講乾卦和坤卦。

這些傳一共有 10 篇，故稱為「十翼」，意即可以幫助《周易》起飛，也即是幫助大家對它的理解。這十翼的內容當然大有話說，但是和本書的主題無關，不贅。

現時湖南省長沙市馬王堆出土的西漢文物，包括了《周易》，是這本書的最早版本，但這版本除了爻和卦之外，則只有《繫辭》上下兩篇，並沒有其他的八翼。

27.《連山易》

根據《山海經》的說法：「伏羲得《河圖》，夏人因之，曰《連山》。」換言之，《連山易》是由《河圖》演變出來，夏朝的人使用它。

根據漢朝經學家鄭玄的在《易讚》的說法：「《連山》者，象山之出雲，連連不絕。《歸藏》者，萬物莫不歸藏於其中。《周易》者，言易道周普，無所不備。」

唐朝學者賈公彥對此的疏解是：「《連山易》，其卦以純艮為首，艮為山，山上山下是名『連山』，雲氣出納於山，故名《易》為『連山』。《歸藏易》以純坤為首，坤為地，故萬物莫不歸而藏於巾，故名為『歸藏』也。」

大部份人都認為，《周易》的名字來源並非是鄭玄說的「周普，無所不備」，而只是因為它出自周文王，所以在周朝流行。

包括我在內的很多人認為《連山易》是出自烈山氏，「連山」就是「烈山」。至於賈公彥說的「山上山下」，未免是望文生義，似像是附會穿鑿。

誰是「烈山氏」呢？

戰國時期成書的《禮記 • 祭法》說：「厲山氏之有天下也，其子曰『農』，能殖百谷。」東漢的鄭玄的注是：「厲山氏，炎帝也，起於厲山，或曰『烈山氏』。」換言之，烈山氏也即是神農氏，《連山易》是神農氏留下來的數學曆法，一直沿用到夏朝，到了商朝時，才被停用。

換言之，「烈山氏」即是「神農氏」，也即是「炎帝」。

據說在夏朝時，把八卦演變出成為六十四卦。大家都知道，《易》和八卦的最大分別，就是把卦數增加至六十四，故此，夏朝的《連山易》應該就是第一部《易》了。

另一個值得注意的重點，是前述賈公彥說的《連山易》以純艮為首，但玄學界有另一個說法，就是是震卦為首。但無論如何，《連山易》的首卦應該不是乾卦。有關這一點的重要性，後文會再述。

宋朝的玄學大師邵康節在《皇極經世》解釋了《連山易》的占卜方法：「用九十七策，以八為揲 ，正卦一千一十有六，互卦一千一十有六，变卦三万二千五百十有二，以數斷，不以辭斷，其吉凶一定而不可易。」這好比當年陳摶收藏了失傳了千年以上的《河圖》和《洛書》，古代的卜師和玄學家，代代相傳，也收藏了不少上古時的神秘資料。因此，邵康節掌握了《連山易》的占卜方法，也並非出奇的事。

28.《連山易》的真偽

東漢的經學家桓譚在《新論》中寫：「《連山》八萬言，《歸藏》四千三百言，《連山》藏於蘭台，《歸藏》於太卜。」

查蘭台是漢朝皇宮的藏書室，太卜則是掌管占卜的官，在上古是高級官員，西周時在三公以下，是六卿之一。隨著民智日開，政府管理越來越科學化，太卜的官位便越來越低，西漢時和太史、太樂令等等，均是太常部下的屬官之一，東漢時則索性取消了太卜，把其職責併進了太史令。

由此可見得，《連山易》和《歸藏易》在漢朝之時，還是存在的。但也有人認為，上述的《連山易》和《歸藏易》是偽書，理由是《漢書 • 藝文志》並沒有記錄這兩本書。然而，又有人說，《藝文志》所講的「夏龜，二十六卷」中的《夏龜》，便是《連山易》。

另外的一個爭拗點，則是「《連山》八萬言，《歸藏》四千三百言」，沒理由早出的《連山易》，比起晚出的《歸藏易》，字數反而多了這麼多。我也同意，夏朝之時，應該不可能一本書可以多達八萬字。

至於偽造《連山易》之人，很多人直指是西漢末年的經學家劉歆，他和父親劉向均是負責校閱宮中的藏書，自然有資格進入蘭台，把偽書藏於其中。皆因劉歆作為篡漢的新朝的國師，為了政治原因，為新主創造合法性，已經偽造了不少古代文獻，因此也不排除他多偽造了這一宗。

無論如何，後世製造《連山易》的人，也大有人在，例如說，梁元帝蕭繹便創作了三十卷的《連山》，但這是另行創作的五行術數書，不算是偽作。隋朝的學者劉炫所寫的《連山》，便真的是偽作了。

29. 水書《連山易》

水族是貴州省東南部的少數民族，現時大約有四十萬人。按照基因測試，他們是來自中國西北部，南下而到安徽省、江西省，再遷移到貴州省去。

水族的文字記錄稱為「水書」，與金文和甲骨文有很多相像的地方，很多人認為可能是夏朝文字，因為它和河南省偃師市發拙掘出來的二里頭文化遺跡的文字極為相似。水族識字的人不多，全族只有幾十人，稱為「水書先生」。

在 2005 年，一位叫「謝朝海」的水書先生把珍藏的五本以水族文字寫下的《連山易》，送了給貴州省人民政府民族圖書館，總字數約八萬字，正好和東漢時桓譚所說的字數相吻合。當然，這本水書當是多次傳鈔下來的版本，不可能是原文保存至今。

水書《連山易》是一本百科全書，包括了三部份，一是用動物來記載日月星辰等等星象，二是用來解釋陰陽五行，尅克相沖等等玄學原理，三是預測遠行、經商、婚娶等等事件的吉凶，像漢族所使用的《通勝》。

問題在於，縱然水書的《連山易》果然是真的，但也並不能代表它真的是傳自夏朝的古本《連山易》。畢竟，幾乎是所有的古書，都會傳抄，以及把更古老的文字翻成當時的語體文，完全是以古代的形式原封不動地流傳下來的文獻，是不存在的。

這好比《山海經》號稱是夏朝之前的伯益所寫，縱然這是真事，從先夏至漢初這二千年間，也已經插入了大量的改寫，絕對不復當年的原貌了。

總括而言，我相信水書《連山易》是真的，但絕對不會是夏朝的原作，而是經過後世的不斷「改進」的作品。但這並不排除這就是漢朝皇室圖書館所藏的那本八萬字的《連山易》。

30.《歸藏易》

東漢經學家鄭玄注《周禮》，引用了西漢學者，劉歆的弟子杜子春的說法：「連山，宓戲；歸藏，黃帝。」換言之，《連山易》是出自伏羲氏，《歸藏易》則出自黃帝。

然而，我們知道，八卦是出自伏羲的，《易》又是出自八卦，因此，所謂「《歸藏》，黃帝」的說法，頂多是黃帝改良了八卦的版本，而《歸藏易》又是演化自黃帝的版本，如此而已。

如果我們再把先前就《連山易》的分析，也拿出來對照，則已知《連山易》源自神農氏，如此一來，《歸藏易》的源流是神農氏在政治上的承繼者黃帝，也是很合理的。但無論如何，如果我們盡信記載，則《易》是在夏朝才有的，無論在伏羲氏、神農氏、黃帝的年代，只有八卦，而沒有《易》。

1993年，湖北省江陵縣王家台發掘出來的秦墓出土了394枚《歸藏易》的竹簡，有趣的是，分為《初選經》、《六十四卦》、《十二辟卦》、《齊母經》、《本蓍篇》、《启筮》共七篇，一共有四千餘字，恰好與前述的東漢的經學家桓譚在《新論》的說法「《歸藏》四千三百言」相吻合。

清朝道光年間的學者馬國翰在山東巡撫丁寶楨斥資支持下，編了一百七百三十九卷，共五百九十四種的《玉函山房輯佚書》，其中有《歸藏易》的殘闕佚文，也與王家台秦墓的文字相同。

按照桓譚的說法：「《歸藏》於太卜。」太卜可沒有造假的誘因，劉歆能進入蘭台，卻不可能把偽書送到太卜的手上。再說，正如前述的陳摶，占卜者可能把筮書代代流傳給子弟門徒。明清之間的經學家朱彝尊則說：「《歸藏》在隋時尚存，至宋猶有《初經》、《齊母》、《本蓍》三篇，其見于傳注所引者。」這也正好旁證了馬國翰的把《歸藏易》佚文的收錄。

對於《歸藏易》，有三點是值得注意的：第一，它是商朝所使用的《易經》。第二，它的首卦是坤卦。後文會講到，商朝的八卦第一卦正是「坤」。

第三，根據發掘出來的商朝占卜記錄可知，如果當時用的真的《歸藏易》，其爻數也是六枚。

至於我的看法，則是《歸藏》的本義也許是「龜藏」。換言之，這是利用龜甲刻成的《洛書》演化而成的著作。

31. 古人的天文知識

在古時，生火雖然早被人類掌握，可它仍然是奢侈品。古人在晚上，最大的不花成本的娛樂，除了傳宗接代的那回事之外，就是看星。尤其是在冬日晚上的北方，日短夜長，睡覺睡不了這許久，看星更加是不可或缺的日常行事。

我之所以說出這麼簡單的常識，皆因本人是在城市長大，在進大學唸書之前，從來沒有悠閒去看星，縱有此意，活在鬧市之中，到處燈火通明，也沒有看星的客觀環境。直至進入了中文大學就讀，有廣闊的校園，閒暇的心情，以及微弱的燈光，才終於可偶爾看星了。不過，那時的我也沒有這個浪漫和對星星的知識水平，只是略看就算。

本部份說的第一點正是，古人對於星象，由於察看多時，所以，其相關知識比今日的普通人豐富得多，我們並不能低估了他們在這方面的知識。顧炎武在《日知錄》中說：「三代以上，人人皆知天文，七月流火，農夫之辭也。」

當然了，一個普通古人對於星象的知識，一定高於一個普通的今人。但今日的一個普通的天文學家，甚至只是一個業餘的天文愛好者，其知識卻也必然遠遠的高於古時知識最豐富的專家。畢竟，時代是一直在進步的。

32. 數學

現代科學的基本原理是：所有科學均是數學，甚至說：宇宙是一條大數。物理學的所謂「大統一理論」，就是企圖找出一條公式，可以用來解釋宇宙所有的事物，而這條公式，可以把它印在一件 T 恤。

古人清楚知道，宇宙萬物可以用數學來計算，不過他們並不知道計算的公式而已。再說現在的科學家也尚未發現「大統一理論」，只比古人稍好。正因如此，古人有「術數」之說，《漢書 • 藝文志》說：「凡數術百九十家，二千五百二十八卷。數術者，皆明堂羲和史卜之職也。」

除此之外，古人認為無處不在的五行，也是用數學來計算的，《漢書 • 藝文志》說：

五行者，五常之形氣也。《書》云：「初一曰五行，次二曰羞用五事」，言進用五事以順五行也。貌、言、視、聽、思心失，而五行之序亂，五星之變作，皆出於律曆之數而分為一者也。其法亦起五德終始，推其極則無不至。而小數家因此以為吉凶，而行於世，浸以相亂。

不消說，曆法也是數學。《漢書 • 藝文志》說：「曆譜者，序四時之位，正分至之節，會日月五星之辰，以考寒暑殺生之實。故聖王必正曆數，以定三統服色之制，又以探知五星日月之會。」

我相信，古人的數學，源於曆法。一來他們晚上沒有太多的娛樂，因此其觀星的時間和知識，遠遠高於今日的普通人。二來曆法相關到耕作時間表，與生命線息息相關非得重視不可。

三來智人的基因和文化已經有了幾萬年，幾萬年前的人類和今天人類的智力沒有太大分別，觀星的歷史相信也有幾萬年，並且透過語言溝通、代代相傳知識、加以改進，也有了幾萬年，但文字的歷史則不到一萬年。因此可以相信，古人也許不懂曆法，但是星星的所在位置，卻是常識。

當然了，古人的曆法知識，非但和今人無得比，比諸明清時期，也遠有不及，甚至比諸秦漢時期，也是不如。我相信，科學是與時並進的，越是古代的人，其曆法知識越少，越是近代，曆法知識越高，這是錯不了的真理。

因此，我們別要小看了古人的曆法知識，因為他們的觀天經驗十分之豐富，但同時，也別要高估了古人，好像古人擁有神秘的知識，但其實，不過是簡單的數學，不可能超越現代的中學生。因此，我們研讀有關資料，應該小心把其水平擺放在正確的定位。況且，由於特朗普炒掉聯邦調查局局長科米，在國內遭到圍攻，不排除他有誘因做一幕大戲，轉移人民視線，很快就和金正恩會談。

33. 天文的計算

現在連小學生也知道，地球是繞著太陽而公轉，每個星球均在自轉，但古人卻不曉得這些今日認為是基本的常識。也許大猜到的是，月亮是繞著地球而公轉，皆因他們很自然地認為，地球是宇宙的中心，所有的星球都是繞著地球而運動。

至於地球是圓的，這基本事實，也只有很少人掌握，大部分人只以為是「天圓地方」。有一個傳言：海員 / 漁民先看到桅桿的頂端，徐徐升起，從而可推知地球是圓的。但經計算過，地球的曲率和桅桿的長度，曲率太低而桅桿太短，應不可能看到。不過，如有遠處大陸陡聳的山峰，則在船上應可看到它徐徐升起。故此，有少數漁民得知地球是圓的，卻很可能。

據說，當年葡萄牙的海員已知地球是圓的，並從其曲率計算出距離印度的遠近，明知不可能從大西洋航至印度。反而西班牙的哥倫布卻並未掌握到這知識，因而興興頭頭的去了冒險，誰知中間居然有一個美洲大陸，去不了印度而發現新大陸，也算是歪打正著。無論如何，到了哥倫布的時代，地球是圓的已成為了歐洲海員的基本常識。

另一個古人不可能掌握的天文知識，是精確的數學。地球繞太陽公轉一次的時間，是 365.2564 日，並非整數。月球繞地球的一周要 27.321661 日，這叫做「恆星月」。但是，它的月圓月缺，一個周期卻是 29.530588 日，這叫做「朔望月」。

「朔」就是月初，又叫「初吉」，這包括了陰曆一日至七日。「望」就是月圓，又叫「既望」，即是陰曆的十五日至二十二。留意，這兩字均有「月」字在旁。在「初吉」之後、「既望」之前，即陰曆的八日至十四日，稱為「既生霸」。在「既望」之後，「初吉」之前，稱為「既死霸」，即二十三日至二十九日。這個「霸」字又通「魄」，即「既生魄」、「既死魄」。

古人的計算日月運行，只能算出大約的數字，不可能算出以上的精確到了多個小數點的數字。

34. 曆法

所謂的曆法，就是對時間的計算方式。

人們計算時間，短時間的分和秒，是在發明了精密的鐘之後，才在技術上得以成立，中國人從西周時代，已經用 12 個時辰來分隔一天，使用了從子時到亥時的 12 地支作為命名。在宋朝時，則把 12 時再細分至 24 時，就像西方人的 24 小時，子時分為子初、子正，丑時分為丑初、丑正……餘此類推。先秦時代也有使用十進制，一天只有 10 個時辰，即是朝、禺、中、晡、夕、甲、乙、丙、丁、戊。

《淮南子 • 天文訓》則講述了把一天分為 15 份的計算方式：晨明、朏明、旦明、蚤食、宴食、隅中、正中、少還、鋪時、大還、高舂、下舂、懸東、黃昏、定昏。

至於一天的計算方式，那是很明顯的，一個晝夜循環就是了，沒有一個民族或文化，會使用別的方法。

所謂的「曆法」，就是計算長期時間的方式，第一是「月」，第二是「年」。注意，在這裏，我在「月」和「年」均使用了括號，皆因這表示了前者是或幾十天作一個計算單位，後者則是以數百天來作一個計算單位，與現代社會所常用的「月」和「年」，其意涵和日數，並不一定完全相同，例如伊斯蘭教的「年」只有354日，而後文會說到的不同的曆法對「月」的計算／分割。

在古時，人民無法掌握如此精密的計算，因此，這幾乎是政府最重要的工作之一，也是它統治人民的工具之一。因此，埃及很多法老王的登位，都會宣佈舊曆法的不變，而中國的帝王也要頒佈曆法，以彰顯其能力與威望。

司馬遷在《史記•曆書》指出了曆法在古時的重要性：「曆譜者，序四時之位，正分至之節，會日月五星之辰，以考寒暑殺生之實。故聖王必正曆數，以定三統服色之制，又以探知五星日月之會。凶阨之患，吉隆之喜，其術皆出焉。此聖人知命之術也，非天下之至材，其孰與焉！道之亂也，患出於小人而強欲知天道者，壞大以為小，削遠以為近，是以道術破碎而難知也。」

一般來說，在農耕的社會，曆法的制定決定了耕種的時間，因此，一年代表了春夏秋冬的四季變更，也即是地球繞太陽一周的時間，來作為一個天文周期。這本來是大家的常識了。但是常識之外，也有例外，例如前面講的伊斯蘭曆法，便非用地球繞日的365.25天來作為單位，箇中原因，是他們並非農耕民族，用不著準確的四季時間，去計算耕種的周期。

35. 曆法的非整數性

我們知道，在古時要算出精確的曆法，是不可能的任務，因為古人不可能有這麼精密的計算，去算出一個地球年的精確時間，例如說，埃及是最早的文明之一，古埃及的曆法，是以 365 天為一年，一年分為 12 個月，每月 30 天，年底再加上 5 天節日。把一個圓分成 360 度，也即是 360 等份，正是出於這個周期計算。

可以預見的，如果根據這套曆法，每年相差 1/4 天，幾十年、幾百年之後，便會出現混亂。埃及正是第一個出現曆法混亂的國家。有趣的是，每 1,461 年之後，又回復原位了。古巴比倫計算出月的周期是 29.5 天，因此把一年分為 12 個月，其中 6 個月有 29 日，6 個月有 30 日，但這比埃及人的問題更大，因為一年足足少了 11 天。

看《春秋》，魯隱公、桓公、莊公、閔公，一共執政 63 年，均是以丑月，即今日的農曆十二月為正月，但是在這 63 年之中，只有 49 年是「建丑」，有 8 年是「建寅」即把今日的農曆一月作為正月，有 6 年是「建子」，即要把今日的農曆十一月作為正月。之所以要改變正月的月份，正是為了修正先前的偏差。

後來的僖公、文公、宣公、成公年代，一共執政 87 年，這些年代本來是「建子」，即是以今日的農曆十一月作為正月，但卻只有 58 年是真正的「建子」，另外有 16 年是「建丑」，即把十二月作為正月，有 13 年是「建亥」，即把十月作為正月。

這種計算錯誤，被稱為「失朔」或「失閏」。由此可以見得，在當時的天文曆法的誤差率究竟有多高。

人類是隨著時間進步的，曆法也會與時並進，計算越來越精確。瑪雅人在西元前 5 世紀所使用的曆法，已經極度精密，一年是 365.242 日，即是每五千年誤差一天。我們現在使用的格里曆 (Calendarium Gregorianum)，是在西元 1582 年開始在歐洲頒行，中國在 1912 年開始使用。

36. 曆法的計算

如要計算曆法，只有看天象，根據其變化的周期，去作計算。月亮的圓缺是最明顯、最易觀察的，但由於周期是 29.5 日，怎也觀測不出一年的運轉。但是，在農耕社會，月亮周期的用途不大，更重要的是地球繞太陽公轉的「年」的周期。,要想測出「年」和「日」的精確比例，必須要另想他法。

要論原理，不外乎是找出一個不動的座標，再去觀察其他動的星星，以對比其變化。

第一個座標是地球，但我們身在地球，觀察不了，而且我們也只有以地球立足點，把其他所有星星視為繞地球而轉動，雖然事實並非如此。

第二個座標的是太陽，但我們也不能用太陽來作為不動的座標，因為，在太陽出現的時間，太亮了，看不到其他的星星，有座標而無其他的移動變數，照樣是無法計算的。因此，我們的目的雖然是計算太陽的運行周期，但卻不可能用太陽來作為觀察和計算的單位。

古人所使用的方法，是用另一顆星星去作為座標，旁敲側擊地去作出計算，前文說過的「歲星紀年」，也即是用木星作為參照座標，便是其中的一個計算方法。

至於古埃及人，則使用天狼星來作為座標。天文學上有一種叫「偕日升 / 偕日落」的計算方式：在前半年，某一顆行星出現的時間一天比一天早，是為「偕日升」，在後半年，這顆行星出現的時間，一天比一天晚，是為「偕日落」。只要找出一些「偕日升 / 偕日落」的恆星，便可以計算出一年的日子。天狼星便是其中的一顆，其曆法是以 1,461 年是一個周期，因此每 1,461 年又稱為一個「天狼星年」。

換言之，第三個座標是星球。蘇美、巴比倫、古希臘，以及紐西蘭的土著毛利人也是使用「偕日升 / 偕日落」的計算方式，不過，其所使用的座標則各有不同。

說到第四個計算方式，是直接利用太陽，不過不是觀察它在天空的移動，而是用人類製造的儀器來作量。《維基百科》：「日晷又稱為日規，是一種由太陽位置告知當天時間的裝置。在設計上，有一個晷針投射出陰影在刻度盤上，經由盤上的標線指示出時間。」

《漢書 • 天文志》說：「夏至至於東井，北近極，故晷短，立八尺之表，而晷景長五寸八分。」景就是影，即八尺的表，影的長度是五寸八分。

日晷的結構分為晷面和晷針兩部分。我們可在圖中看到，它劃分為 12 個時辰，每個時辰再細分為初、正，即一共有 24 小時。它另有一套平行的刻度，由十天干，再加上乾、坤，同樣也是 12 等份。換言之，它除了測量「年」之外，還可以測量時辰。

東漢史家班固寫的《漢書・律曆志》說：「議造漢曆，乃定東西，立晷儀，下漏刻，以追二十八宿相距于四方，舉終以定朔晦分至，躔離弦望。清人輯錄了魏晉時代多位史家寫的漢書，名叫《續漢書》，其《律曆志》寫道：「曆數之生也，乃立儀、表，以校日景。」這裏說的「儀」晷儀，「表」則是圭表，後者的原理和日晷差不多，不另贅。

今天我們的「手錶」，其名稱由來便是來自「圭表」。

為甚麼日晷可以測出曆法呢？皆因地軸傾斜，夏天日長夜短，冬天夜長日短，只要準確的量度到日和夜的時間，便能測出當日地球是在太陽的那一位置。用這種方法來計算歲差，是用測量來代替天文計算，既方便又準確，但缺點有三：

第一，陰天和雨天不能測量，但它也用不著天天測量，其實一年共要測量幾次，便已足以調整歲差。

第二，它沒有理論基礎在背後支持，只是以測量來代替計算。

第三，由於沒有天文學的知識在背後，例如日蝕、月蝕等等天文現象，它不能解決。

當然了，日晷是在北方才能有效，如果是在赤道附近，則在不同的季節，日夜的分隔不明顯，其測量便很困難了，就是在香港這種亞熱帶地區，也不容易測量。

37. 年的組成

我們現在，把一年分為 4 季、12 個月，但這並不是所有的曆法均是如此。

例如說，古埃及人的曆法，把一年分成三季：泛濫季、生長季、收割季。這當然也是因為埃及位於熱帶地區，四季不明顯，因此才會只用農耕周期來區分季節。

至於月，也有很多不同的分割方式，如後文說到的一年 8 個月，或 10 個月的曆法，固然，如果不以月球繞地的周期為分割方式，應該不能稱為「月」吧？但為了讓人容易明白，也只好用「月」這個字。這只是指出，把一年分成 12 個月，即是以月球繞地周期來分割一年，並沒有必然性。

正如前言，地球繞日周期和月球繞地球周期均非整數，因此，「年」和「月」並沒有數學上的相容性，現時把一年分為 12 個月，只是從小習慣了的用法，大家覺得天經地義，想深一層，兩者並沒有必然性。

簡單點說，「年」是由更小單位的「季」或 / 和「月」所組成，但是這些小單位的構成方式，卻並非必然：一個「月」不必定是 29 天、30 天、或 31 天，而只是「年」的組成單位，更非由月球繞地球的周期組成，甚至不稱為「月」，而是另有名稱。

38. 太陰曆

中國人所謂的「太陰」，就是月球，相對於「太陽」的說法。

太陰曆簡稱「陰曆」。月球的朔望周期，也即是月圓月缺的周期，是 29.530588 日，如果乘以 12 個月，就是 354.367 日，因此，一年就是 354 日至 355 日，大月是 30 日，小月是 29 日。

太陰曆的優點，是月相比較容易觀察，從月圓到月缺，縱是沒有受過任任天文教育的初民，也不難觀察和計算出來。但其缺點是，它和地球繞日的運行周期並不吻合，一年少了接近 11 天，如果人民利用此曆來去計算耕種的日期，遂不可能。因此，在世上的曆法之中，很少是純太陰曆，除非是不用耕種的民族，才會使用。

前述的古巴比倫人，使用的正是太陰曆，但最廣為人用的太陰曆，是由穆罕默德創立的伊斯蘭曆。它的正式名稱，叫「希吉來曆」(Hijri calendar)，意即「出走」，是記念 622 年穆罕默德離開麥加，到了麥地拿，這就是伊斯蘭曆的元年。它的單數月份是大月，30 天，雙數月份是小月，29 天，在閏年，12 月有 30 天，平年則是 29 天，每 30 年之中，有 11 個閏年。換言之，30 年中，19 個平年有 354 天，11 個閏年有 355 天。

穆斯林的齋月是在第 9 個月，有陽光的時間不吃飯、不喝水，不抽煙，不准性行為，直至日落為止。第 12 個月則是朝聖月，教徒要去麥加朝聖。如果使用伊斯蘭曆，教徒的一生可以在不同的氣候，也有守齋月和去麥加朝聖的機會，不像歐洲人，只有在冬天才可以過聖誕節。

希吉來曆的另一個優點，是它比西方從西元前 45 年至西元 1582 年用的儒略曆更加準確，但卻稍遜於前述的格里曆。如果從它的開始使用年份西元 639 年去心較，使用這曆法的伊斯蘭教徒有 943 年的時間是比西方的基督徒的曆法更為準確。

希吉來作為太陰曆，最大的缺點是不依從地球繞日的時間，因而也和冷熱溫度變遷並不吻合，不能作為農曆使用。因此，波斯，也即是今日的伊朗，同時也有使用太陽曆，因為波斯的文化水平較高，而且是農耕國家，遠在穆罕默德之前，一直使用太陽曆，故此有了希吉來曆之後，也同時使用太陽曆，並且還加以改良。

中國人稱希吉來曆為「回曆」，或「回回曆」，而波斯所使用的太陽曆，則叫「回回陽曆」。

至於希吉來曆，則因為宗教信仰問題，從來沒有改變過，甚至是因時間過去而必然出現誤差，也任由其誤差擴大，不去改變。反正他們不農耕，曆法不準，也沒問題。

在 1925 年，巴列維王朝成立的第一年，政府宣佈太陽曆才是政府使用的正式曆法，這當然也是該王朝親西方的表態之一，但這太陽曆也視繼續視 622 年為首年，這再次證明了曆法在政治上的重要性。然而，伊朗在使用太陽曆的同時，同時也遵守傳統的希吉來曆，皆因守齋和麥朝聖，必須用希吉來曆來計算日子。

伊朗人同時使用兩種曆法的做法，好比今日我們雖然使用西方的格里曆，但同時也在使用中國的傳統的陰陽合曆，例如計算節日、新年、初一十五守齋、二十四節氣等等，都會使用舊曆。這種兩部曆法同時使用的做法，很多時反而是常態，後文也將會講到。

39. 太陽曆

太陽曆簡稱為「陽曆」，顧名思義，計算的準則是地球繞太陽的周期，也即是 365 天 5 小時 48 分 45.19 秒繞行一周，以此為一年。不消說的，這並非整數，和日的周期並不能整數除盡，因此必須有閏年的出現，以作調整。只是，由於調整的小數位實在太過微小，任何事先計算好的閏年公式均不能永遠奏效，一定有其偏差，這就是眾多曆法的不能解決之矛盾。

正如前文所言，我們的肉眼不能直接觀察太陽，再者，地球繞太陽作軌道運行這個基本知識，也是這幾百年來才被發現的，因此，古人的計算太陽曆，只能夠以其他星星的互相對比位置和運行，來作數據基礎。

現在我們知道，所有的星星的相對位置都不是永恆不變的，就是古人認為永遠不變的北極星，也即是指向最北方的一顆星，好像所有的星星都繞它而轉，但其實也在不停的改變，現時我們所看到的北極星，即 α Ursae Minoris，只是在西元 1200 年至 2500 年適用的北極星，它在 2100 年將是「最北極」的一顆星。因此，太陽曆的計算，不能完全準確，永遠有微小的偏差。

然而，由於地球繞日運行的周期，決定了冷熱季節，也因而決定了農耕之期，所以，現時絕大部分的曆法，都是太陽曆。

40. 陰陽曆

太陽曆除了用太陽來作為計算單位，也必須有細分的單位，組合而成。例如說，由伊斯蘭教分裂出來的巴哈伊教的曆法，也是太陽曆，平年有 365 日，閏年有 366 日，但它並沒有月，而是把 1 年分成 19 等份，每份有 19 日，平年有多 4 日額外，而閏年則有 5 日。當然，也有人把這 19 日一單位的等份稱為巴哈伊曆法的「月」，但它卻和月球沒有任何的數學關係。

至於一年 365 日或 366 日，又有用月來作為年的分割的，則稱為「陰陽曆」(lunisolar calendar)。

根據《維基百科》的說法：「陰陽曆則既保證『年』與地球繞日周期的一致，又保證『月』與月亮周期的一致。以中國的農曆的為例，大小月分別為 30 天和 29 天，平均每月為 29.5 天，與月亮運行周期一致；平年為 354 天或 355 天或 353 天，閏年為 383 天或 384 天或 385 天，每 19 年平均為 365.247 天，與地球繞日運行周期一致。」

值得注意的是，設計太陰曆的古代天文專家們，是只管月亮盈虧，但這曆法縱然多半不管不理太陽的運行，也不理其誤差調整，不過一年的日數，還是盡量去貼近 365.25 天這數值，比如說，希吉來曆，一年是 354 天或 355 天，而不會是 383 天或 384 天。同樣道理，格里曆的設計者完全不管月圓月缺，但也遵從大約是 30 日或 31 日，來作為「月」的分割。因此也可以說，大部份太陽曆也有少許的「陰」，大部份的太陰曆也有少許的「陽」。

當然了，像前述的巴哈伊曆法，是只有太陽年的概念，完全和「月」不涉。唯一的優點是，19 個「月」，每月有 19 日，這包含了某種數學上的對稱。

41. 曆法作為軟實力

古代和現代一樣，除了軍事實力，軟實力也十分重要。傳說中的有巢氏、燧人氏、伏羲氏、神農氏等等，各有專門的知識，古書可從來沒有說過它們有任何的軍事征服，只集中講述其靠著軟實力影響了其他的氏族。

曆法作為當時最高深的數學，文化水平低下的國家，只能夠照單全收高文化水平的曆法，像朝鮮半島的古國百濟，宋朝史學家鄭樵寫的《通典 • 邊防 • 東夷》說它：「用宋《元嘉曆》，以建寅月為歲首。」

日本佛教天台宗山門派的創始人圓仁，在西元 838 年赴唐朝求法，847 年攜帶了大量法器和佛經回到日本，撰有《入唐求法巡禮記》，其中：「日本國承和五年七月二日，即大唐開成七月二日，雖年號殊，而日月共同。」即是說，當時日本是採用了和唐朝相同的曆法。

英國本來以 3 月 25 日為元旦，1725 年才和國際接軌，以羅馬的 1 月 1 日為元旦，俄羅斯的元旦本在 9 月 1 日，是彼得大帝決定改曆，和羅馬接軌，土耳其在 1923 年建國，在 1925 年採用西曆。

日本向來使用中國的陰陽曆，到了明治維新時，決定「脫亞入歐」，改用西方曆法，元旦就是 1 月 1 日。如果按照中國的陰陽曆，盂蘭節應該是在 7 月 15 日，月圓的那一天。日本的盂蘭節叫「お盆」，在新曆法之下，索性把它定在每年的 8 月 15 日，也不管月圓不月圓了。順帶一提，「お盆」是日本非常重要的節日，和新年是兩個最長的假期，有一次我在此期間到了日本，水盡鵝飛，小店都不營業了。

中國在 1912 年，辛亥革成功後，效法日本，改行西曆，但政府沒有專門人才去出版自製的曆書，民間也不會跟從，繼續使用舊的陰陽曆。1928 年，北伐成功，國民政府也曾頒令廢除舊曆，甚至不准曆書附印舊曆，政府不放舊曆新年假期，但仍無法阻絕民間慶祝舊曆新年。中華人民共和國成立之後，把舊曆新年改為「春節」，文革時期更加「三十不停戰，初一堅持幹」，依然也阻不了民間的過舊曆年。

42. 曆法與政治

如我們先前提過，頒佈曆法非但決定了軟實力，而決定了時間也象徵著決定權力，因此，曆法的重要性是超出今人的想法，尤其是，當帝王的位子被宣傳成「君權神授」，上古時更加是政神不分、政教不分，政府如能準確預測天時，可被人民視為可與天神溝通，但如果政府預測不了天時，則也可被人民，甚至是政敵，被視為失卻了天命，不但會影響政權的合法性，甚至會成為政敵攻擊、甚或是推翻政府的口實。

中國的夏朝、商朝、周朝立國之時，均把正月的時間改變了，是為之「三正」。在外國，最有名的是法國大革命時，執政的雅各賓黨為了表示和舊王朝切割，宣佈了以共和國成立的 9 月 22 日為一年首日的新曆法，連每個月的名稱也改稱了，讀過馬克思的人當然知道「霧月十八日」，「霧月」即「Brumaire」，即新曆法的第二個月，相等於今行曆法的 10 月 22 日至 11 月 20 日。

由此可見，曆法象徵了改朝換代，也代表了政治上的權威，換言之，曆法不單是天文、是數學，還是政治。

43. 中國的陰陽曆

中國傳統使用的農曆，是陰陽合曆，用月來計算年份，這即是說，大約每 19 年，便會出現 7 個閏年，每個閏年多出一個月，即有 13 個月。

我們又用 24 節氣來作為對地球繞日的太陽曆周期的調整，分別是立春、春分、立夏、夏至、立秋、秋分、立冬、冬至，又稱「八位」，是「四季」的細分，跟著又用雨水、驚蟄、清明、穀雨、小滿、芒種、小暑、大暑、處暑、白露、寒露、霜降、小雪、大雪、小寒、大寒。它還有更細分的方法，叫「七十二候」，即是把二十四節氣再各分為 3 份。還有一種分法，是以五日為「候」，三候為「氣」，六氣為「時」，四時為「歲」，即是 5 x 3 x 6 x 4 = 360。

《逸周書 • 時訓解》對「七十二候」的說法是：

立春之日，東風解凍，又五日，蟄蟲始振，又五日，魚上冰。風不解凍，號令不行，蟄蟲不振，陰氣奸陽，魚不上冰，甲冑私藏。雨水之日，獺祭魚，又五日，鴻鴈來，又五日，草木萌動。獺不祭魚，國多盜賊，鴻鴈不來，遠人不服，草木不萌動，果疏不熟。驚蟄之日，桃始華，又五日，倉庚鳴，又五日，鷹化為鳩。桃不始華，是謂陽否，倉庚不鳴，臣不從主，鷹不化鳩，寇戎數起。春分之日，玄鳥至，又五日，雷乃發聲，又五日，始電。玄鳥不至，婦人不娠，雷不發聲，諸侯失民，不始電，君無威震。清明之日，桐始華，又五日，田鼠化為鴽，又五日，虹始見。桐不華，歲有大寒，田鼠不化鴽，國多貪殘，虹不見，婦人苞亂。穀雨之日，萍始生，又五日，鳴鳩拂其羽，又五日，戴勝降于桑。萍不生，陰氣憤盈，鳴鳩不拂其羽，國不治兵，戴勝不降于桑，政教不中。立夏之日，螻蟈鳴，又五日，

蚯蚓出，又五日，王瓜生。螻蟈不鳴，水潦淫漫，蚯蚓不出，嬖奪后命，王瓜不生，困於百姓。小滿之日，苦菜秀，又五日，靡草死，又五日，小暑至。苦菜不秀，賢人潛伏，靡草不死，國縱盜賊，小暑不至，是謂陰慝。芒種之日，螳螂生，又五日，鵙始鳴，又五日，反舌無聲。螳螂不生，是謂陰息，鵙不始鳴，令姦壅偪，反舌有聲，佞人在側。夏至之日，鹿角解，又五日，蜩始鳴，又五日，半夏生。鹿角不解，兵革不息，蜩不鳴，貴臣放逸，半夏不生，民多厲疾。小暑之日，溫風至，又五日，蟋蟀居辟，又五日，鷹乃學習。溫風不生，國無寬教，蟋蟀不居辟，恆急之暴，鷹不學習，不備戎盜。大暑之日，腐草為蠲，又五日，土潤溽暑，又五日，大雨時行。腐草不為蠲，穀實鮮落，土潤不溽暑，物不應罰，大雨不時行，國無恩澤。立秋之日，涼風至，又五日，白露降，又五日，寒蟬鳴。涼風不至，國無嚴政，白露不降，民多欬病，寒蟬不鳴，人皆力爭。處暑之日，鷹乃祭鳥，又五日，天地始肅，又五日，禾乃登。鷹不祭鳥，師旅無功，天地不肅，君臣乃□，農不登穀，暖氣為凶。白露之日，鴻鴈來，又五日，玄鳥歸，又五日，群鳥養羞。鴻鴈不來，遠人背畔，玄鳥不歸，室家離散，群鳥不養羞，下臣驕慢。秋分之日，雷始收聲，又五日，蟄蟲培戶，又五日，水始涸。雷不始收聲，諸侯淫汏，蟄蟲不培戶，民靡有賴，水不始涸，甲蟲為害。寒露之日，鴻鴈來賓，又五日，爵入大水為蛤，又五日，菊有黃華。鴻鴈不來，小民不服，爵不入大水，失時之極，菊無黃華，土不稼穡。霜降之日，豺乃祭獸，又五日，草木黃落，又五日，蟄蟲咸俯。豺不祭獸，爪牙不良，草木不黃落，是為愆陽，蟄蟲不咸俯，民多流亡。立冬之日，水始冰，又五日，地始凍，又五日，雉入大水為蜃。水不冰，是為陰負，地不始凍，咎徵之咎，雉不入大水，國多淫婦。小雪之日，虹藏不見，又五日，天氣上騰，地氣下降，又五日，閉塞而成冬。虹不藏，婦不專一，天氣不上騰，地氣不下降，君臣相嫉，不閉塞而成冬，母后淫佚。大雪之日，鶡旦不鳴，又五日，虎始交，又五日，荔挺生。鶡旦猶鳴，國有訛言，虎不始交，將帥不和，荔挺不生，卿士專權。冬至之日，蚯蚓結，又五日，麋角解，又五日，水泉動。蚯蚓不結，君政不行，麋角不解，兵甲不藏，水泉不動，陰不承陽。小寒之日，鴈北向，又五日，鵲始巢，又五日，雉始雊。鴈不北向，民不懷主，鵲不始巢，國不寧，雉不始雊，國大水。大寒之日，雞始乳，又五日，鷙鳥厲疾，又五日，水澤腹堅。雞不始乳，淫女亂男，鷙鳥不厲，國不除姦，水澤不腹堅，言乃不從。

中國文化影響所及的，例如日本、越南、朝鮮、蒙古等等，都使用陰陽曆，不過當然了，現在是西方文化的世界，包括中國在內的所有東方文化國家，都已轉用了西方的格里曆，不過計算某些傳統節日時，例如春節、清明、重陽等等，也會用回舊曆。

44. 古六曆

古六曆也即是上古時代所使用的六部曆法，南朝史家范曄寫的《後漢書 • 律曆志》說：「案曆法，黃帝、顓頊、夏、殷、周、魯，各自有元。」換言之，古六曆就是黃帝曆、顓頊曆、夏曆、殷曆、周曆、魯曆。

在史上，究竟有沒有真實存在這古六曆，也成疑問。很多人認為，古六曆是戰國時所流傳的說法，不排除是當時人假托古人所造出來，但縱是如此，也不排除它們有著更早的文本，不斷的根據新的發現而作改進改寫，好比《山海經》傳說是伯益的著作，但也是不斷改寫，完成於戰國或漢初。

時至今日，古六曆已然失傳。假設古六曆是真如史書所言，根據傳說，它們都是陰陽合曆，每年 365 又 1/4 日，這也是即是說，在四千年以前的中國，已經掌握了地球繞日運行一周的大約所需時間。

在《漢書 • 藝文志》，記錄了二十一家、四百四十卷天文書籍，還有十八家、六百零六卷古代曆譜，包括了：「黃帝五家曆三十三卷、顓頊曆二十一卷、顓頊五星曆十四卷、日月宿曆十三卷、夏殷周魯曆十四卷、天曆大曆十八卷、漢元殷周諜曆十七卷、耿昌月行帛圖二百三十二卷、耿昌月行度二卷、自古五星宿紀三十卷、律曆數法三卷、太歲謀日晷二十九卷、帝王諸侯世譜二十卷、古來帝王年譜五卷、日晷書三十四卷、許商算術二十六卷、杜忠算術十六卷。」

在這裏稍作解說：《黃帝五家曆》就是黃帝、顓頊、夏、殷、周，注意的是，魯國從來不是中央政府，因此「五家曆」比加上了魯國的「古六曆」，其實更有代表性。《日月宿曆》的「宿」就是「星宿」，「諜」是薄木片，「諜曆」就是刻在木片上的曆書，「漢元」即是以漢朝的曆法為計算的基本，因此，「漢元殷周」就是由漢朝的曆法去推算出周朝和商朝的曆法。許商和杜忠均是西漢的數學家。

45. 上元積年

所謂的「元」，即是「最初」。「上」也是「最」的意思。因此，「上元」就是「星際運行的開始」，也即是「宇宙起點」。

「日月合璧」就是日蝕或月蝕，專門的講法，就是兩者的「經度相同」。「五星連珠」就是水、金、火、木、土五大行星在天空排成一直線。「七曜同宮」則是五星連上太陽和月亮都是在同一地區。當時的天文學家認為，同時符合這三大條件的，就是「上元」了。

「上元積年」就是「上元」距今的時間。在漢朝時，這數字是幾百萬，到了1250年，由南宋李德卿所制的《淳佑曆》，這數字已達到了「一億二千二十六萬七千六百七十七」了。

46. 黃帝曆

黃帝曆就是傳說中黃帝所用的曆法，如果傳說屬實，它是「建子之月」，也即是由現時的農曆十一月就是它一年的開始。

司馬遷在《史記 • 曆書》說：「神農以前尚矣。蓋黃帝考定星歷，建立五行，起消息，正閏餘，於是有天地神祇物類之官，是謂五官。各司其序，不相亂也。民是以能有信，神是以能有明德。民神異業，敬而不瀆，故神降之嘉生，民以物享，災禍不生，所求不匱。」

又說：「其後三苗服九黎之德，故二官咸廢所職，而閏餘乖次，孟陬殄滅，攝提無紀，歷數失序。堯復遂重黎之後，不忘舊者，使復典之，而立羲和之官。明時正度，則陰陽調，風雨節，茂氣至，民無夭疫。年耆禪舜，申戒文祖，云：『天之歷數在爾躬』。舜亦以命禹。由是觀之，王者所重也。」

《後漢書 • 天文志上》說：「軒轅始受《河圖斗苞》，授規日月星辰之象，故星官之書自黃帝始。」南宋學者羅泌寫的《路史 • 黃帝》也說：「命鬼臾區占星，斗苞授規。」按：「斗苞」是黃帝的一位臣子的名字。

司馬遷在《史記 • 曆書》寫：「昔自在古曆建正作于孟春。」唐朝的學者司馬貞在《史記索隱》的解釋是：「古曆者，謂黃帝調曆以前，有《上元》、《太初曆》等，皆建寅為正，謂之孟春也。及顓頊、夏禹亦建寅為正，唯黃帝及殷、周、魯並建子為正。」

由此可知，在黃帝之前，已有曆法。不過黃帝在政治上對於諸國的控制力遠比前代更有權威，因此，可以想像到，黃帝所頒行的曆法，其通行性也應比先代的曆更被普遍使用，所以被人認為是他發明了曆法。

黃帝曆法的上元積年是在西元前 2,760,149 年。

47. 大撓氏和容成氏

《呂氏春秋 • 尊師》說：「黃帝師大撓。」曹魏時期的學者高誘的注是：「大撓作甲子。」注意：「堯」是一個美好的形容，後世的帝堯是死後的謚號，因此，這個大撓氏，又叫「大橈氏」，和帝堯並非來自同一氏族。

《漢書 • 藝文志》記有「容成子，十四篇。」又有：「容成陰道，二十六卷。」所謂的「陰道」，即是房中之術，除了容成子之外，還有務成子、堯舜、湯盤庚、天老雜子、天一等等，均有「陰道」流傳，還有《黃帝三王養陽方》，個人認為均是托古人的名字而寫。《漢書 • 藝文志》的說法是：「房中者，性情之極，至道之際，是以聖王制外樂以禁內情，而為之節文。傳曰：『先王之作樂，所以節百事也。』樂而有節，則和平壽考。及迷者弗顧，以生疾而隕性命。」

《莊子・胠篋》說：「昔者容成氏、大庭氏、伯皇氏、中央氏、栗陸氏、驪畜氏、軒轅氏、赫胥氏、尊盧氏、祝融氏、伏羲氏、神農氏，當是時也，民結繩而用之，甘其食，美其服，樂其俗，鄰國相望，雞犬之聲相聞，老死不相往來。」

換言之，容成氏是上古的一個氏族。《列子・湯問》說：「唯黃帝與容成子居空峒之上，同齋三月，心死形廢，徐以神視，塊然見之，若嵩山之河，徐以氣聽，砰然聞之，若雷霆之聲。」

西晉張華寫的神話記錄《博物志》則說：「容成氏作曆，黃帝史官。」清朝學者張澍注《世本》也說：「容成因五量，治五氣，起消息，察發斂，作調曆，歲紀甲寅，日紀甲子而節定。」

換言之，在黃帝年代作甲子和曆法的大撓氏就是容成氏，又叫「大容氏」或「有容氏」，這個氏族的文化水平很高，無論天文學、玄學等等，都有鑽研，而這些代表了當時最高級的知識。在近代，在太行山有出土文物「容侯之鼎」，便是容成氏之國遺留下來的文物。

隋朝陰陽家蕭吉在《五行大義・論干支名》說：「支干者，因五行而立之。昔軒轅之時，大撓氏所製也。蔡邕月令章句雲，大撓採五行之情。佔鬥機所建也。始作甲乙以名日，謂之『干』。作子丑以名月，謂之『支』。有事于天，則用日，有事于地，則用辰。陰陽之別，故有支干名也。」

換言之，這裏說天干和地支的出現，正是分別為了記

日和記月，它們本來都是曆法所用的字眼。不過，這裏指的「記日」，並非指24小時的一日，而是指年的分割。後文的「10月太陽曆」會進一步討論。

48. 顓頊曆

顓頊曆顧名思義，就是傳說中帝顓頊時所用的曆法。它「建亥」，以亥月為首月，即是以現時農曆十月為歲首，把閏月放在九月之後。由於秦朝使用顓頊曆，秦始皇統一天下之後，便全中國也在用了，延至漢朝中期，也在使用。

有趣的是，瑞項曆雖然是「建亥」，但起始月序是十月。所以它的月份順序是十月、十一月、十二月、正月、二月、三月、四月、五月、六月、七月、八月、九月。這證明了「建年」和「月序」不一定相同，我估計是「建年」本於迷信原因，「月序」則本於耕種的實際理由。

話說秦國本來是周朝的封國，爵位是「公」，用的也是周曆。到了後來，周朝式微，秦國已另起爐灶，採用了《顓項曆》。司馬遷在《史記 • 秦本紀》：「秦之先，帝顓項之苗裔孫曰女修。女修織，玄鳥隕卵，女修吞之，生子大業。」

換言之，顓項就是秦國的老祖宗。因此，我有理由相信，這曆法只是秦國的發明，改託在先人的身上，以顯示自己的高貴血統。

根據當代史學家朱桂昌在《顓項日曆表》的說法，秦獻公十九年，也即是西元前366年，秦國開始使用顓項曆。但是秦國是在前325年才稱「王」，與周天子平起平坐。因此，在這段過渡期間，它對外時不能宣稱自己已廢了周曆。它的正式使用《顓項曆》，是在昭襄王時期，即西元前 306 年至前 251 年期間。

這曆法一直用到漢武帝在西元前 104 年使用太初曆為止。由於現時已發掘出不少秦簡，因此，我們知道，在秦惠文王時，對曆法有過以分鐘計的微調，秦始皇、秦二世、漢高祖時代也改過，相信微調是非常頻密。畢竟，地球繞日周期是 365 日 6 時 9 分 10 秒，如果用每年 365 又 1/4 日的公式去計算，每年相差是 9 分 10 秒，10 年便是 91 分 40 秒，即是 1.5 小時了，因此，不斷的修正是必要的。

顓頊曆的上元積年是在西元前 2,760,305 年。

49. 夏曆

夏曆的歲首是在寅月，也即是在今日的農曆一月。正因如此，我們今天所使用的農曆又叫「夏曆」。事實上，中國的絕大部份時間，都使用夏曆，除了武則天和唐肅宗的年代，曾經「建子」，也即是採用了黃帝、周朝、魯國的曆法。

這皆因曆法是數學計算，無論採用甚麼曆法，都會隨著數學的不停進步，而作出微調，反而是格式，如用陽曆還是陰曆，又或是何月才是歲首，這才是使用曆法的基礎，這牽涉到「五德終始」的玄學理論，也牽涉到政治宣示，例如表示改朝換代。最佳的例子，是中華民國推翻清朝而成立，馬上採用了西方的曆法，以表明它將會效法西方的制度。

因此，儘管從夏朝至今，超過了三千年，也經過了多次的微調更改曆法，清朝所使用的，是由西洋人教士湯若望根據西方計算而成的《時憲曆》，也即是今日農曆的所本。當然了，今日所使用的農曆也已經混進了使用了最精密的天文知識去計算，但我們仍然繼續使用「夏曆」這個名詞。

如果要精密地去定義，夏曆是就曆法而言的專業用語，民間則稱為「農曆」。顧名思義，即是農民所用的曆法。中國絕大部份人口都是農民，也即是民間所用的曆書。中國在 1912 年開始採用西洋曆法，但民間仍然固執地繼續使用舊曆，故此有「新曆、舊曆」，或「新曆、農曆」之別。

但請注意一點：我們現在所用的農曆名為「夏曆」，我們也知道，夏朝的曆法是以寅月為歲首。但是，究竟在夏朝時代，其曆法是不是採用今日的「夏曆」，這卻是未能證實的。

夏曆之所以名為「夏曆」，不排除有一個可能性，就是這兩者均是以寅月為歲首，如此而已。後文的「三正」會再論述歲首的重要性。

夏曆的上元積年是西元前 2,759,875 年。

50. 殷曆

我們對於商朝後期，也即是「殷」的時代，對其曆法有著一定的認識，皆因有甲骨文資料。

商朝的曆法也是陰陽合曆，大月三十天，小月二十九天，閏月放在一年的最後一個月，稱為「十三月」，也有把閏月放在年中。殷曆「建丑」，即是現時的農曆十二月是當時的正月。

司馬遷在《史記》中把計算四分曆的原典《曆術甲子篇》原文抄錄了，根據這本奇書，殷曆的起始日是甲寅年甲子月甲子日甲子時，經現代人計算後，即是西元前 1567 年十一月一日半夜子時，這叫做「甲寅元」。

如果根據史書記載，商朝開國的確是在 1567 年左右，但是正如前文，商朝是「建丑」，故此不應「甲寅元」。

不過，我們找到的商朝歷史記錄，只有在其後截的「盤庚遷殷」之後，因此又叫「殷朝」，早期的商朝是否依循夏朝而「建寅」，也未可知。畢竟，從後世的歷史可知，在一個朝代變更幾次曆法，是常常發生的事，尤其是在上古年代，曆法初訂，還未足夠準確，更加要變更頻繁，商朝有五、六百年的歷史，曆法完全不變，才是奇事。

殷曆的上元積年是在西元前 2,760,336 年。

51. 周曆

周曆也是以子月為正月，即是今日農曆的十一月。《尚書大傳》說：「夏以孟春月為正，殷以季冬月為正，周以仲冬月為正。」

周曆的上元積年是在西元前 2,760,423 年。

52. 魯曆

魯國並不是一個大國，魯曆之所以在歷史上有著重要性，皆因孔子的《春秋》是根據魯曆而寫成的，因此，史家要研究《春秋》，便要對魯曆有著一定的認識。

我們知道，魯曆是陰陽合曆，又叫《春秋曆》，本來以丑月，即農曆十二月為正月，在魯僖公五年，即西元 656 年改為建子，即農曆十一月，和黃帝曆和周曆看齊。

魯曆的上元積年是在西元前 2,760,800 年。

53. 三正

所謂的「三正」，意即三個朝代：夏、商、周，所採用的正月，司馬遷在《史記：「夏正以正月，殷正以十二月，周正以十一月。蓋三王之正若循環，窮則反本。天下有道，則不失紀序；無道，則正朔不行於諸侯。」

換言之，改朝換代時，把正月更換，是和玄學有其關係。前文講到夏曆時，說後世直至今天，中國曆法所用的，均是夏曆。實質上，曆法不停改變，皆因人類的天文數學的認知越來越高深，自然也使用更準確的數學去計算曆法。正如在今天，科學家已經可以用《相對論》去計算地球年月日的偏差，但是中國的舊曆依然是叫「夏曆」，皆因只要繼續使用夏朝的正月，也即是「建寅」，在定義上便算是夏曆。

當代日本學者安居香山和中村璋兩人，從1954年開始，收集和編輯中國古代讖緯之書，1964年輯成了《緯書集成》，其中的《禮經》的緯書集《禮 • 稽命徵》說：「三皇三正，伏羲建寅，神農建丑，黃帝建子。至禹建寅，宗伏羲，商建丑，宗神農，周建子，宗黃帝。此所謂正朔三而改也。」

如果是建子，是冬至前後，是日最短夜最長之時，如果是建丑，是最冷的日子，如果是建寅，則是最冷而開始轉熱的關鍵時刻，三者各有天文理由，所以改來改去，都是輪流用這三個月來作為歲首，而不會用上夏天或秋天來作為一年的開始。

《緯書集成 • 禮編 • 禮稽命徵》又說：「舜以十一月為正，尚赤。堯以十二月為正，尚白。高辛以十二月為正，尚黑。高陽氏以十一月為正，尚赤。少昊以十二月為正，尚白。黃帝以十二月為正，尚黑。神農以十一月為正，尚赤。女媧以十二月為正，尚白。伏羲以上未有聞也。」

54. 四分曆

《維基百科》對《四分曆》的定義是：「中國古代曆法，東漢天文學者編訢、李梵編纂，屬於陰陽曆。因太陽年長

365又四分之一日被稱為四分法。古六曆、戰國四分曆、後漢四分曆都採用四分術。」

這樣的說法，好像凡是把一年分成365又1/4日，便叫「四分曆」，它是一種複雜的曆法計算方式。簡單點說，由於年和月並非整數除，因此在大尺度的時間，它就要加以更精密的計算：一年=365.25日，一章=19年=235月，一蔀=76年940月=27,759日，一紀=20蔀=1520年=555,180日，一元=3紀=4,560年=56,400月=1,665,540日。

《四分曆》是在東漢章帝元和二年，即西元85年開始實行，它比前用的太初曆更為準確，根據《後漢書 • 律曆志》說：「四分曆本起圖讖，最得其正。」換言之，這是民間玄學家發明的計算方式，估計在戰國初期，已經開始使用了。人們普遍認為，「古六曆」的計算方式，和《四分曆》的計算大致相同。

55. 曆法在中國政治的重要性

《左傳 • 昭公十七年》說：

夏，六月，甲戌，朔，日有食之，祝史請所用幣，昭子曰：「日有食之，天子不舉，伐鼓於社，諸侯用幣於社，伐鼓於朝，禮也，平子禦之，曰，止也，唯正月朔，慝未作，日有食之，於是乎有伐鼓用幣，禮也，其餘則否。」

大史曰：「在此月也，日過分而未至，三辰有災，於是乎百官降物，君不舉辟，移時樂奏鼓，祝用幣，史用辭，故《夏書》曰：『辰不集于房，瞽奏鼓，嗇夫馳，庶人走。』此月朔之謂也，當夏四月，是謂孟夏。」

平子弗從。昭子退曰：「夫子將有異志，不君君矣。」

換言之，當遇上日蝕時，天子要在土地廟中擊鼓，卜官要用錢幣來作占卜吉凶，諸候則要在官府擊鼓，在自家的土地廟用錢幣來占卜吉凶，史書就要把這記錄下來。這可以見得，在古時，天象對於政治是如何的重要。

《周禮 • 春官 • 大史》說：「頒告朔於邦國。」《穀梁傳 • 文公十六年》說：「天子告朔於諸候。」

東漢經學家鄭玄對此的注是：「天子頒朔於諸候，諸候藏之祖廟，至朔朝於廟，告而受行之。鄭司農云：『……以十二月朔，布告天下諸候。』」

按：後面的「鄭司農」並非鄭玄，而是早他幾十年的經學家鄭眾。他也是經濟學家，在建初六年，即西元 81 年，出任大司農。因同期另有一名宦官也叫「鄭眾」，為了區別，稱這位經學家為「鄭司農」。

這即是說，周朝有一些職業的天文官，負責計算曆法，在每年的十二月初一，頒布給各大小諸候國。諸候國則把這本曆法書收藏在祖廟，然後在每月的初一，向國民頒布當月的曆法。這顯示出天子對諸候國的權威性。

按：很多諸候國只是一條村鎮的規模，因此不難召集全國人民，每月到「村公所」聽取當月曆法。

《左傳 • 文公六年》說：「閏月不告朔，非禮也。閏以正時，時以厚生，生民之道，于是乎在矣。不告閏朔，棄時政也，何以為民？」

所謂的「閏不告朔」，並非在閏月時玩缺席，不去主持典禮……如果天子要缺席，根本用不著閏月才做，個個月都可以這做。這其實是指沒有計算到閏月，令到曆法錯誤，由於曆法是由中央政府負責的，中央政府做不到，那就是「非禮」了。

除此之外，《禮記 • 曲禮》說：「天子于冬至、立春、立夏、立秋、立冬諸日，分祭昊天上帝，及東南西北各天帝，于夏正之月祭感生之帝，唯獨四月龍見而雩，總祭五帝於南郊。」

按：「四月」即是「夏正之月」。

《禮記・明堂位》說：「是以魯君，孟春乘大路，載弧韣；旗十有二旒，日月之章；祀帝於郊，配以后稷。天子之禮也。季夏六月，以禘禮祀周公於大廟，牲用白牡；尊用犧象山罍；郁尊用黃目；灌用玉瓚大圭；薦用玉豆雕篹；爵用玉琖，仍雕，加以璧散璧角；俎用梡嶡；升歌《清廟》，下管《象》；朱干玉戚，冕而舞《大武》；皮弁素積，裼而舞《大夏》。昧，東夷之樂也；《任》，南蠻之樂也。納夷蠻之樂於大廟，言廣魯於天下也。」

換言之，曆法也決定了祭祀日。在當時，這是團結各族人，顯示政府權威的基本政治操作。

簡單點說，在古代，各大方國是自治狀態，中央政府最重要的工作，當然是統籌對外戰爭，以及協調諸候的利益和糾紛，也要管理本部的經濟社會事務，但當時人民也是以家族式去自治，政府管不了各家族的內部事務。既然如此，唯一顯示權威的方式，只有曆法的公佈了。如果連曆法都不準，各國更加沒有聽從中央政府的任何理由了。

反過來說，在春秋戰國時代，周天子的權威式微，甚至連曆法也不準了，各國也不再使用中央政府的曆法，各自各使用自己的曆法。這些曆法，很多是本自更早期的古代曆法，「三正」和「古六曆」的說法，正是源自戰國時期。

還有一點，就是曆法既要專門知識，這需要時間累積，也要專門人才，養活他們，需要經濟基礎。在周朝開國的初期，只有中央政府方才擁有這兩者，但到了後期，知識傳播，各國也因互相吞併而壯大，甚至比周朝中央政府更加富有，自然也可擁有自己的曆法。

宋末元初的史學家馬端臨寫的典章制度通史《文獻通考・職官考》說得好：

陶唐氏以前之官所治者，天事也。虞、夏以後之官所治者，民事也。

太古法制簡略，不可得而詳知。然以《經》、《傳》所載考之，則自伏犧以至帝堯，其所命之官，大率為治曆明時而已。蓋太古洪荒，步占之法未立，天道幽遠，非有神聖之德者不足以知之。而位天地，育萬物，定四時，成歲功，乃君相職業一大事。

《月令》：「其帝太皞，其神句芒。」鄭氏注，以為此蒼精之君，木官之臣，自古以來著德立功是也。蓋此數聖人者，生則知四時之事，歿則為四時之神。然太皞、炎帝、少皞、顓頊所曆者四時，而句芒、祝融、蓐收、元冥、后土，則顓頊之時，始有此五人者並世而生，能任此五官之事。

至帝堯時，則占中星之法，置閏餘之法，漸已著明，然其命官，猶以羲、和為第一義。自是四子之後世守其法，居其官。至舜攝政之時，雖以「在璿璣玉衡，以齊七政」為首事，然分命九官，則皆以治民，而未嘗及天事。蓋累聖相承，其法至堯而備，世官自足以掌之，不必別求賢哲之輔，以專其任也。

三代官制，至周而尤詳。然觀成王所以命官，若三公、三孤，則僅有燮理陰陽、寅亮天地二語為天事，而塚宰以下俱民事也。然尚承襲上古之官名。而所謂六官，則天官掌治，地官掌教，春官掌禮，夏官掌兵，秋官掌刑，冬官掌土，略不及天地四時之事。至於馮相氏、保章氏、挈壺氏，則不過三百六十屬吏之一。蓋至是，而治天事之官事寖易而秩寖卑矣。

換言之，在上古時代，帝王最重要的事務，就是曆法，但因為曆法是天事，必須由天子去管理。在夏朝之後，曆法越來越不重要，《尚書 • 堯典》中，掌管曆法的羲和是最重要的官員，但到了周朝，則連三公六官也不包括曆法專家在內，由此可知曆法地位的日趨低落。

56. 中央政府頒發曆法

中國向來有專業官員去負責曆法，我們最熟悉的「欽天監」，是在明朝之後所用的官職名稱，在秦朝時叫「太史令」，宋朝和元朝時則叫「司天監」。天文官員每年頒發《黃曆》，這名稱的由來，是因中國傳統的說法，曆法是由軒轅黃帝所發明的，因而為名。

現存最古老的曆書，是唐順宗永貞元年，即公元 805 年的皇宮記事日曆，用毛筆書寫，一共有 12 冊，每月一冊，一天一頁，除了日子和節氣之外，也印有術數占卦，以及朝廷大事。

當然了，民間所用的曆書，有的資料並不需要，例如皇室的祭祀日子，民間便沒有需要知道。每年的十月初一，或十一月初一，朝廷會頒發來年的曆書。西元 835 年，唐文宗頒發的《宣明曆》，便是中國歷史第一部雕版印刷的曆法，大量發行，同年並且禁止私售曆書。

《舊唐書 • 劉仁軌傳》說：「仁軌將發帶方州，謂人曰：『天將富貴此翁耳！』於州司請曆日一卷，并七廟諱，人怪其故。答曰：『擬削平遼海，頒示國家正朔，使夷俗遵奉焉。』至是皆如其言。」

換言之，當劉仁軌作為唐朝軍事將領，奉命去征服朝鮮半島，也帶去了曆書，皆因征服了一國，便要隨之頒佈唐朝的曆書，顯示了宗主國正朔的地位，並且要求被征服國也使用唐朝的曆法，以示歸順。

事實上，中國到了明清年代，向藩屬國頒發曆書，也已經成為了慣例。清朝乾隆時代的學者周煌寫《琉球國志略》，指初時琉球國沒有曆法，「望月盈虧，以紀時節」，後來明太祖在 1374 年、明英宗在 1436 年，先後頒賜《大統曆》，但由於路途遙遠，負責頒佈曆法的使者往往不能在年初去到琉球，因此「琉球國書憲書官謹奉教令印造選日通書，權行國中，以俟天朝頒賜憲書，頒到日，通國皆用憲書，共得凜遵一王正朔，是千億萬年尊王向化之義也。」

換言之，在當時，琉球國的天文知識足以計算出曆書，但為了顯示對天朝的臣服，因此仍然採用宗主國的曆法。

根據明朝嘉靖年間學者嚴從簡在《殊域周咨錄》的記載，安南國莫朝的開國君主莫太祖，即「莫登庸」，在篡了黎朝的末代君主黎恭皇的昕位之後，把位子傳給了兒子太宗登瀛，自己當太上皇。登瀛死後，皇位又傳給了孫兒憲宗福海。1540 年，明朝以篡弒之罪討伐他，他和四十多位高官自縛到了鎮南關，即是今日中越邊境的友誼關，請降求封，並且割讓了大塊土地，獻上了金銀財寶。

明朝只求當地作為臣屬，根本不在乎誰來當政，既然拿了土地財寶、又得了面子，便把安南國貶為安南都指揮使，莫登庸則為安南都統使，世襲二品官。安南國表面上是明朝的附屬，實際上，莫氏家族對內仍然自稱皇帝。

在請降之後，莫登庸向明朝說：「歲領《大明一統曆書》，刊布國中，共奉正朔，臣莫大之幸也。」翌年，莫登庸去世，又翌年，即 1542 年，《殊域周咨錄》又說：「福海親率阮敬、阮寧止等到關，祇領敕印並曆日千本。」

57. 民間的曆書

《黃曆》是官方的曆書，但民間亦有自編及盜版的曆書，是為「民曆」，兩者是同時流行的。注意，今人叫「日曆」，但在古時，則稱為「曆日」。

《黃曆》除了日曆之外，還有很多民間有用的資訊。例如說，今存的就是北宋太宗太平興國三年，即西元978年的鈔本，內容除了曆法之外，還附有國忌、今年新添太歲並十二年神真各注吉凶圖、推雜種蒔法、周公八水行圖、九曜歌詠法、推小運知男災厄吉凶法、六十相屬官宿法等。這也即是俗稱的《通書》，由於「書」和「輸」同音，因避不吉諱，因此又被稱為《通勝》。

從以上的這本宋朝《黃曆》的內容得知，除了曆法之外，還包括了吉凶的術數占卜，這正如今日流傳的民間《通勝》，也載有「諸葛神算」的術數算法。總而言之，曆法和玄學術數是分不開的，從古至今，皆是如此。

不消說的，《通勝》的曆法內容，也包括了每日的吉凶宜忌，換言之，連婚嫁、沐浴、安床、遷移、入學等等民間日常行為，也被曆法所緊緊控制了。到了清朝初年，由於實行剃髮令，則連剃頭的吉凶日子，也被曆法所規定了。

有趣的是，往往《黃曆》還未頒發，已經有了私印的民曆版本，這不是官方有人把資訊洩漏了出去，就是計算曆法的專業知識，已經流落了民間。不過，想當然地，應是前者居多，皆因計算曆法需要大量的專門人才，而且不是一人之力可以計算出來，而是需要大量的人手。在知識匱乏的古代社會，聘請專業人士的成本不輕，民間縱有人才，但要聚集一起編書，成為商業活動，成本太高，倒還是在官府之內，盜出資訊，成本遠低得多。

然而，以北宋為例子，神宗四年，即西元 1071 年，官方印制的大曆售價是幾百錢，但民間私印的小曆則只售一至二錢，價格相差太遠，縱使這是違法，也禁之不絕。

在元朝，全國有一千多萬戶，每年官方發售的《黃曆》數目多達三百多萬本，即是大約每四戶便有一戶購買《黃曆》，收入佔國家總收入的 0.5%。根據《元史 • 刑法志四》：「諸告獲私造曆日者，賞銀一百兩。如無太史院曆日印信，便同私曆造者，以違制論。諸受財賣他人敕牒，及收買轉賣者，杖一百七，刺面發元籍，買者杖八十七，發元籍。」

到了明朝，也許是私印曆書的情況益發嚴重，現存的一部《大明萬曆七年歲己卯大統曆》，封面寫著：其牌記上說：「欽天監奏準印大統曆日頒行天下，偽造者依律處斬，有能告捕者官給賞銀五十兩，如無本監曆日印信，即同私曆。」用死刑來阻嚇私印曆書，可見得情況之猖獗。

清朝的乾隆十六年，即 1571 年，政府才允許私人印刷曆書，這徹底的解決了盜印的問題。不過，後來中國推行西曆的不果，相信也和准許私印曆書脫不了關係。

58. 從今時推算古代

綜合這兩章關於曆法史的分析，我們總結成以下十點：

第一，曆法是社會和人民的必需品。

第二，文人落後的社會掌握不了曆法的天文算術，只有仰賴先進社會 / 國家的文化輸出。

第三，縱是一個國家掌握了曆法知識，也往往要採用別國的曆法，皆因這是附庸或藩屬向宗主國效忠的表示。

第四，宗主國向附庸 / 藩屬頒發曆書，是表示權威的一種儀式。

第五，換言之，掌握曆法是軟實力，但頒佈曆法則是硬實力，也即是權力和權威的代表。

第六，曆書的內容，往往包括了玄學術數。

第七，政府除了向附庸 / 藩屬頒布曆書，自然也會向本國臣民頒布曆書，全國遂可統一曆法。

第八，除了官曆之外，民間也會流行私曆。

第九，改朝換代，或頒布新政，往往隨之頒布新曆，由此可以見到曆法的象徵意義。

第十，縱使官方頒布了新曆，民間也往往繼續使用舊曆。傳統不易被消滅。

我並不以為，以上的十點，可以從明、清期間，一直上溯到黃帝時代，俱是曆法的法則。我只是想說，當我們並不完全理解上古時的曆法結構時，不妨參照後世的做法，因為後世的做法很可能是沿用前法，但當然也有可能不是。換言之，後世的做法有參考價值，也必然有其相關性，但卻不可能完全對照。畢竟，時代太遠，一切頂多只能是合理推測而已。

第五部分

59. 彝族

解釋完曆法的基本知識，現在終於可以進入正題了。

彝族是中國西南地區的少數民族，現時大約有九百萬人。他們自稱為「羅倮」，即是「龍」和「虎」的意思。漢人稱他們為「倮倮人」，官方文獻則稱之為「夷」，中華人民共和國建立後，毛澤東主席則一錘定音，取「夷」的同音，稱為「彝」。

彝族的歷史很悠久，其文字可能有超過八千年的歷史，他們自認為，帝顓頊是其祖先。《史記 • 夏本紀》說：

夏禹，名曰「文命」。禹之父曰「鯀」，鯀之父曰「帝顓頊」，顓頊之父曰「昌意」，昌意之父曰「黃帝」。禹者，黃帝之玄孫而帝顓頊之孫也。禹之曾大父昌意及父鯀皆不得在帝位，為人臣。

因此，彝族和羌人的關係很密切，應該出自同一個祖先，就是帝顓頊，不過羌人則被估計是夏禹的後代，西漢學者許慎寫的《說文解字》說：「羌，大禹西羌牧羊人也，從人從羊，羊亦聲。」但彝族則並沒有承認自己是夏禹的後人，也許是顓頊的另一分支，也說不定。《春秋緯 • 命曆序》則說：「少昊傳八世，顓頊傳九世，帝嚳傳十世。」有意思的是，在 992 年，即宋太宗淳化三年，皇帝命翰林待書王著把王室收藏的書法編成了《淳化閣帖》，其中有號稱是倉頡寫下的《倉頡書》，一共有 28 個字。不過有人認為，《倉頡書》是漢朝學者劉歆的偽作。

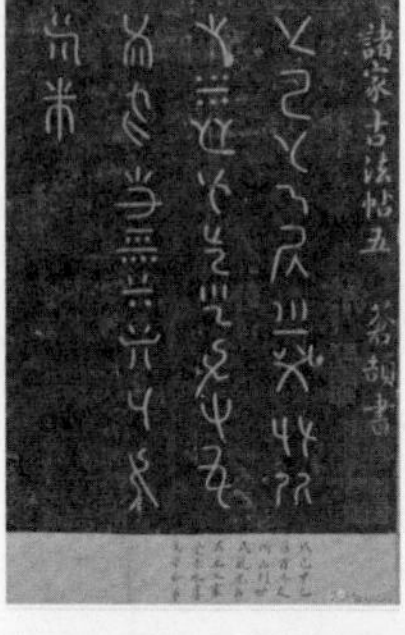

又有傳説，湖南省平江縣昌江山石碑留下12字的刻文，是夏朝開國君主大禹留下的，因而名為《夏禹書》，或《大禹書》。

近人書法家劉志一則用彝文去解讀了《倉頡書》和《大禹書》，如果屬實，則可證明彝族是炎黃／華夏的後裔。但這説法的大前提是，劉志一對這兩帖文字的解讀是正確的。

無論如何，彝族文化和古代中國很有關係，這是肯定的事。

60. 彝族的18個月太陽曆

彝族和其他民族一樣，有悠長的歷史，也混雜了很多其他民族的文化，亦流傳過不同的曆法。例如説，現時雲南省楚雄彝族自治州的大姚縣曇華鄉所流傳的18個月的太陽曆。

這曆法把分一年為18個「月」，每「月」20天，另加5天「祭祀日」：一月是「風吹月」，二月是「鳥鳴月」，三月是「萌芽月」，四月是「開花月」，五月是「結果月」，六月是「天干月」，七月是「蟲出月」，八月是「雨水月」，九月是「生草月」，十月是「鳥窩月」，十一月是「河漲月」，十二月是「蟲鳴月」，十三月是「天晴月」，十四月是「無蟲月」，十五月是「草枯月」，十六月是「葉落月」，十七月是「霜臨月」，十八月是「過節月」。

注意：這裏的「月」，只是計算單位，實際上，以 20 日作單位不能算是「月」。

為甚麼一個「月」是 20 日呢？因為一個人的手指加上足趾的數目是 20，這是文盲的身體所能用上最多數目的工具。

有趣的是，南美洲的瑪雅人也有類似的曆法。

瑪雅人和古代中國人一樣，用過多種不同曆法，其中一種，名為「Haab'」又叫「長紀曆」（Long Count），也是 20 天一個「月」，一年 18 個「月」。

它之所以叫「長紀」，皆因它有一個紀曆週期，認為人類開始於西元前 3114 年 8 月 11 日，中止於 2012 年 12 月 21 日，總時間長度是 5, 126 年。2012 年當天肯定沒有世界末日，但另有一說法，說這是人類「重生」的日子。然而我們也知道，人類在當日並沒「重生」。

61. 彝族的 10 個月太陽曆

在明清時期，由於「夷族」歸化了中國王朝，已採用了中國的陰陽合曆。不過，在此之前，前述的 18 個月太陽曆，只是少數的彝族人所使用。大部分彝族流行使用的，是一年只有 10 個月的太陽曆。

根據《維基百科》的說法：「現行彝曆多指十月太陽曆，一年以五行木火土銅水分成五季（春、夏、長夏、秋、冬）；每季 72 日分雌雄兩個月，一年 10 個月（360 天）；如一月為「木公月」(一說以夏至為歲首，土銅水木火五季，一月為「土公月」)。另有以10種動物紀月者。剩餘彝曆年節5天（閏年6天）稱為過年日，過彝族年。十月太陽曆以十二屬相紀日，每個月三輪生肖計36日。首年（東方之年）以虎為首，依序紀日不間斷，因此其他年可能出現年內每個月以兔為首的情況。彝曆紀年採用東、東南、南、西南、西、西北、北、東北八方紀年。」

本書把太陽曆用數目字寫成「10月」，只因「十月」易於誤會成為「October」，而這詞在此指的是「10個月」。

62. 夏小正

在古六曆中，我們瞭解最深的，是夏曆，皆因《大戴禮記》的第四十七篇，名叫《夏小正》，講的正是夏朝的曆法。

一般認為，《禮記》成書於戰國時期，《大戴禮記》就是由西漢經學家戴德所編輯的版本，《史記・夏本紀》說：「太史公曰：『孔子正夏時，學者多傳《夏小正》云。』」

《禮記・禮運》說：「我欲觀夏道，是故之杞，而不足徵也，吾得夏時焉。」漢朝學者鄭玄的注說：「得夏四時之書，其存者有《小正》。」

究竟《夏小正》是戰國的人所託古偽作，抑或是戰國時人根據更古老的文本，用當時的語言去記錄下來呢？當然沒有人敢肯定的說出答案。

63.《夏小正》全文

我說了好幾遍，寫古書時，所使用的大量引文，很多時並非給讀者所看，而只是：

一來，作者找到了原因，不想以後再找一次，因而它錄下，以備後用。這尤其是把修訂再版時，最有功用。

二來，如果只看結論，沒有了原文，那便會失去了推理的過程。我在閱讀歷史時，很多時讀到不同史家有不同的說法，但他們並沒有錄到原文，讀者也難知他們的推理和取捨，因而往往產生混淆。因此，我把原文錄出，再加以分析，不管是對是錯，讀者也好作出辨解，畢竟，古史中混淆的說法實在太多，只有用這種寫法，才最容易澄清疑問。

《夏小正》除了天文曆法之外，還有很多資料，例如農業資料，社會狀況等，但這和本書的主題無關，表過就算。

正月：啟蟄。言始發蟄也。雁北鄉。先言雁而後言鄉者，何也？見雁而後數其鄉也。鄉者，何也？鄉其居也，雁以北方為居。何以謂之居？生且長焉爾。「九月遰鴻雁」，先言遰而後言鴻雁，何也？見遰而後數之，則鴻雁也。何不謂南鄉也？曰：非其居也，故不謂南鄉。記鴻雁之遰也，如不記其鄉，何也？曰：「鴻不必當小正之遰者也。」雉震呴。震也者，鳴也。呴也者，鼓其翼也。正月必雷，雷不必聞，惟雉為必聞。何以謂之雷？則雉震呴，相識以雷。魚陟負冰。陟，升也。負冰雲者，言解蟄也。農緯厥耒。緯，束也。束其耒雲爾者，用是見君之亦有耒也。初歲祭耒始用騶。初歲祭耒，始用騶也。騶也者，終歲之用祭也。其曰「初」雲爾者，言是月始用之也。初者，始也。或曰：祭韭也。囿有見韭。囿也者，園之燕者也。時有俊風。俊者，大也。大風，南風也。何大於南風也？曰：合冰必於南風，解冰必於南風；生必於南風，收必於南風；故大之也。寒日滌凍塗。滌也者，變也，變而煖也。凍塗也者，凍下而澤上多也。田鼠出。田鼠者，嗛鼠也，記時也。農率均田。率者，循也。均田者，始除田也，言農夫急除田也。獺獻魚。獺祭魚，其必與之獻，何也？曰：非其類也。

祭也者，得多也，善其祭而後食之。「十月豺祭獸」，謂之「祭」；「獺祭魚」，謂之「獻」；何也？豺祭其類，獺祭非其類，故謂之「獻」，大之也。 鷹則為鳩。鷹也者，其殺之時也。鳩也者，非其殺之時也。善變而之仁也，故其言之也，曰「則」，盡其辭也。 農及雪澤。言雪澤之無高下也。 初服於公田。古有公田焉者。古者先服公田，而後服其田也。采芸。為廟采也。鞠則見。鞠者何？星名也。鞠則見者，歲再見爾。 初昏參中。蓋記時也雲。 斗柄縣在下。言斗柄者，所以著參之中也。 柳稊。稊也者，發孚也。梅、杏、杝桃則華。杝桃，山桃也。 緹縞。縞也者，莎隨也。緹也者，其實也。先言緹而後言縞，何也？緹先見者也。何以謂之？小正以著名也。 雞桴粥。粥也者，相粥之時也。或曰：桴，嫗伏也。粥，養也。

二月： 往耰黍，禪。禪，單也。 初俊羔助厥母粥。俊也者，大也。粥也者，養也。言大羔能食草木，而不食其母也。羊蓋非其子而後養之，善養而記之也。或曰：夏有煮祭，祭者用羔。是時也，不足喜樂，善羔之為生也而祭之，與羔羊腹時也。 綏多女士。綏，安也。冠子取婦之時也。 丁亥萬用入學。丁亥者，吉日也。萬也者，干戚舞也。入學也者，大學也。謂今時大舍采也。 祭鮪。祭不必鮪，記鮪何也？鮪之至有時，美物也。鮪者，魚之先至者也，而其至有時，謹記其時。 榮堇、采蘩。堇，菜也。蘩，由胡；由胡者，蘩母也；蘩母者，旁勃也。皆豆實也，故記之。昆小蟲抵蚳。昆者，眾也，由魂魂也。由魂魂也者，動也，小蟲動也。其先言動而後言蟲者。何也？萬物至是，動而後著。抵，猶推也。蚳。蝗卵也，為祭醢也。取之則必推之，推之不必取之，取必推而不言取。 來降燕。乃睇燕乙也。

降者，下也。言來者何也？莫能見其始出也，故曰『來降』。言『乃睇』何也？睇者，眄也。眄者，視可為室者也。百鳥皆曰巢，突穴取與之室，何也？操泥而就家，入人內也。剝鱓。以為鼓也。有鳴倉庚。倉庚者，商庚也。商庚者，長股也。榮芸，時有見稊，始收。有見稊而後始收，是小正序也。小正之序時也，皆若是也。稊者，所為豆實。

三月：參則伏。伏者，非亡之辭也。星無時而不見，我有不見之時，故曰伏雲。攝桑。桑攝而記之，急桑也。委楊。楊則苑而後記之。䍧羊。羊有相還之時，其類䍧䍧然，記變爾。或曰：䍧，羝也。螜則鳴。螜，天螻也。頒冰。頒冰也者，分冰以授大夫也。采識。識，草也。妾、子始蠶。先妾而後子，何也？曰：事有漸也，言事自卑者始。執養宮事。執，操也。養，大也。祈麥實。麥實者，五穀之先見者，故急祈而記之也。越有小旱。越，於也。記是時恆有小旱。田鼠化為鴽。鴽，鵪也。變而之善，故盡其辭也。鴽為鼠，變而之不善，故不鴽盡其辭也。拂桐芭。拂也者，拂也。桐芭之時也。或曰：言桐芭始生貌拂拂然也。鳴鳩。言始相命也。先鳴而後鳩，何也？鳩者鳴，而後知其鳩也。

四月：昴則見。初昏南門正。南門者，星也。歲再見。壹正，蓋大正所取法也。鳴札。札者，寧縣也。鳴而後知之，故先鳴而後札。囿有見杏。囿者，山之燕者也。鳴蜮。蜮也者，或曰，屈造之屬也。王萯秀。取荼。荼也者，以為君薦蔣也。秀幽。越有大旱。記時爾。執陟攻駒。執也者，始執駒也。執駒也者，離之去母也。陟，升也。執而升之君也。攻駒也者，教之服車，數舍之也。

五月：參則見。參也者，伐星也，故盡其辭也。浮游有殷。殷，眾也。浮游，殷之時也。浮游者，渠略也，朝生而莫死。稱「有」，何也？有見也。 鴃則鳴。鴃者，百鷯也。鳴者，相命也。其不辜之時也，是善之，故盡其辭也。時有養日。養，長也。一則在本，一則在末，故其記曰：「時養日」云也。乃瓜。乃者，急瓜之辭也。瓜也者，始食瓜也。良蜩鳴。良蜩也者，五采具。 匽之興，五日翕，望乃伏。其不言「生」而稱「興」，何也？不知其生之時，故曰「興」。以其興也，故言之「興」。五日翕也。望也者，月之望也。而伏雲者，不知其死也，故謂之「伏」。五日也者，十五日也。翕也者，合也。伏也者，入而不見也。 啟灌藍蓼。啟者，別也，陶而疏之也。灌也者，聚生者也。記時也。 鳩為鷹。唐蜩鳴。唐蜩者，匽也。 初昏大火中。大火者，心也。心中，種黍、菽、糜時也。 煮梅。為豆實也。 蓄蘭。為沐浴也。菽糜。以在經中，又言之時，何也？是食矩關而記之。頒馬。分夫婦之駒也。 將閒諸則。或取離駒納之法則也。

六月： 初昏斗柄正在上。五月大火中，六月斗柄正在上，用此見斗柄之不正當心也，蓋當依依尾也。 煮桃。桃也者，杝桃也；杝桃也者，山桃也；煮以為豆實也。 鷹始摯。始摯而言之，何也？諱殺之辭也，故言摯雲。

七月： 秀雚葦。未秀則不為雚葦，秀然後為雚葦，故先言秀。 狸子肇肆。肇，始也。肆，遂也。言其始遂也。其或曰：肆殺也。 湟潦生苹。湟，下處也。有湟，然後有潦；有潦，而後有苹草也。 爽死。爽也者，猶疏也。 荓秀。荓也者，馬帚也。 漢案戶。漢也者，河也。案戶也者，直戶也，言正南北也。 寒蟬鳴。寒蟬也者，蝭蠑也。 初昏織女正東鄉。時有霖雨。 灌荼。灌，聚也。荼，雚葦之秀，為蔣褚之也。雚未秀為菼，葦未秀為蘆。斗柄縣在下則旦。

八月： 剝瓜。畜瓜之時也。 玄校。玄也者，黑也。校也者，若綠色然，婦人未嫁者衣之。剝棗。剝也者，取也。栗零。零也者，降也。零而後取之，故不言剝也。丹鳥羞白鳥。丹鳥者，謂丹良也。白鳥，謂閩蚋也。其謂之鳥，何也？重其養者也。有翼者為鳥。羞也者，進也，不盡食也。辰則伏。辰也者，謂星也。伏也者，入而不見也。鹿人從。鹿人從者：從，群也。鹿之養也離，群而善之。離而生，非所知時也，故記從、不記離。君子之居幽也，不言。或曰：人從也者，大者於外，小者於內率之也。駕為鼠。參中則旦。

九月：內火。內火也者，大火；大火也者，心也。遰鴻雁。遰，往也。主夫出火。主以時縱火也。陟玄鳥蟄。陟，升也。玄鳥也者，燕也。先言「陟」而後言「蟄」，何也？陟而後蟄也。熊、羆、貊、貉、鼶、鼬則穴，若蟄而。榮鞠樹麥。鞠，草也。鞠榮而樹麥，時之急也。王始裘。王始裘者，何也？衣裘之時也。辰繫於日。雀入于海為蛤。蓋有矣，非常入也。

十月：豺祭獸。善其祭而後食之也。初昏南門見。南門者，星名也，及此再見矣。黑鳥浴。黑鳥者，何也？烏也。浴也者，飛乍高乍下也。時有養夜。養者，長也；若日之長也。玄雉入於淮，為蜃。蜃者，蒲盧也。織女正北鄉，則旦。織女，星名也。

十一月：王狩。狩者，言王之時田也，冬獵為狩。陳筋革。陳筋革者，省兵甲也。嗇人不從。不從者，弗行。於時月也，萬物不通。隕麋角。隕，墜也。日冬至，陽氣至，始動，諸向生皆蒙蒙符矣，故麋角隕，記時焉爾。

十二月：鳴弋。弋也者，禽也。先言「鳴」而後言「弋」者，何也？鳴而後知其弋也。元駒賁。元駒也者，螘也。賁者，何也？走於地中也。納卵蒜。卵蒜也者，本如卵者

也。納者，何也？納之君也。虞人入梁。虞人，官也。梁者，主設罔罟者也。隕麋角。蓋陽氣旦睹也，故記之也。

64.《夏小正》的成書時間

日本天文史家能田忠亮在其經典的論文《夏小正星象論》，計算它所述及的星象，結論是它成書於西元前620年，近人則認為它大約是在西元前400年至600前左右的天象/著作。

正如前言，《夏小正》的成書時間，並不代表夏朝究竟有沒有使用這這部曆法，因為，曆法是不停的隨著時間而改變的，而古籍也是隨著時間，不停的改寫。

65.《夏小正》作為十月曆法

有人認為，《夏小正》就是一個10月的曆法。

第一個理由，是夏小正雖然明列了12個月，但是在二月、十一月、十二月，卻並沒有講到其天象。有人認為，十一月和十二月的內容，是後人補加上去的。這種説法的最大問題是：除了十一月和十二月之外，也沒有講及二月的天象。

第二個理由是，在五月：「時有養日。養，長也。一則在本，一則在末。」這指的應該是夏至的日子，即是西曆的6月21日前後，因為那天的白天最長。十月時則是：「時有養夜。養者，長也；若日之長也。」這應該指的冬至的日子，即是西曆的12月日前後，因為那天的黑夜最長。如果不是一年只有10個月，沒可能夏至和冬至分別在五月和十月。

第三個理由，一月時：「斗柄縣在下。言斗柄者，所以著參之中也。」參就是二十八宿中的參宿，在今日的獵戶星座。六月時，「初昏斗柄正在上。五月大火中，六月斗柄正在上，用此見斗柄之不正當心也。」大火就是大火星，也即是天蠍座內最亮的恆星。換言之，斗柄向下和向上，相差是 5 個月，而不是 6 個月。

有人認為，七月「寒蟬鳴。寒蟬也者，蝭蠑也。」這也是代表了一年 10 個月的曆法，但寒蟬的鳴期是在西曆 8 月至 11 月間，也即是農曆七月有可能已經開始了。同樣道理，有人認為，九月「熊、羆、貊、貉、鼶、鼬則穴，若蟄而。榮鞠樹麥。鞠，草也。鞠榮而樹麥，時之急也。 王始裘。王始裘者，何也？衣裘之時也。」

熊在食物不足時，可以早至西曆十月開始冬眠。但是，「王始裘」的日子，如果參照《禮記 • 月令》：「孟冬之月……是月也，以立冬。先立冬三日……天子乃齊……是月也，天子始裘。」我們知道，立冬之日是11月日至8日之間，因此可以推論出，《夏小正》的九月是現西曆的 11 月初，這正好切合了一年 10 個月的曆法。

66. 齊國和《管子》

《史記 • 齊太公世家》說：「太公望呂尚者，東海上人。其先祖嘗為四岳，佐禹平水土甚有功。虞夏之際封於呂，或封於申，姓姜氏。夏商之時，申、呂或封枝庶子孫，或為庶人，尚其後苗裔也。本姓姜氏，從其封姓，故曰『呂尚』。」

這位呂尚，就是在《封神榜》中大名鼎鼎的姜子牙，也即是姜太公。他是周王伐商的大功臣，被封在山東半島，是為齊國，是春秋時代的大國。

齊國的全盛時期是齊桓公時代，當宰相的是管仲，相傳《管子》是他的作品，司馬遷在《史記 • 管晏列傳》說：「太史公曰：『吾讀管氏《牧民》、《山高》、《乘馬》、《輕重》、《九府》，及《晏子春秋》，詳哉其言之也。既見其著書，欲觀其行事，故次其傳。至其書，世多有之，是以不論，論其軼事。管仲世所謂賢臣，然孔子小之。豈以為周道衰微， 桓公既賢，而不勉之至王，乃稱霸哉？』」

唐朝的學者孔穎達已開始懷疑：「世有管子書者，或是後人所錄。」今人認為，《管子》是春秋末期至戰國時期的集體創作，

《管子》全書 16 萬字，共 86 篇，其中有 10 篇已佚，計《經言》9 篇，《外言》8 篇，《內言》7 篇，《短語》17 篇，《區言》5 篇，《雜篇》10 篇，《管子解》4 篇，《輕重》16 篇，其中有法家的內容，也有道家的內容。不過，雖然它被斷定並非出自管仲之手，但很有可能是齊人的作品，是以也很可能述及了齊國的文化，包括其曆法在內。

67.《管子 • 幼官》

《管子》有一篇叫「幼官」，很多人認為，「幼」是「玄」之誤，或是「玄」的另一寫法。

查《管子 • 幼官》已經提過了兩次「玄官」：「六會諸侯，令曰：『以爾壤生物共玄官，請四輔，將以禮上帝』。七會諸侯，令曰：『官處四體而無禮者。流之焉莠命』。八會諸侯，令曰：『立四義而毋議者，尚之於玄官，聽於三公。』」

古代的字典《爾雅》則說：「玄者，天也。」唐朝學者尹知章對《管子 • 幼官》的注是：「幼官，主禮天之官也。」

《莊子 • 大宗師》則說：「豨韋氏得之，以挈天地；伏犧氏得之，以襲氣母；維斗得之，終古不忒；日月得之，終古不息；堪坏得之，以襲崑崙；馮夷得之，以遊大川；肩吾得之，以處太山；黃帝得之，以登雲天；顓頊得之，以處玄宮；禺強得之，立乎北極；西王母得之，坐乎少廣，莫知其始，莫知其終；彭祖得之，上及有虞，下及五伯；傅說得之，以相武丁，奄有天下，乘東維，騎箕尾，而比於列星。」從上下文推理而得之，「玄宮」就是「天宮」。

《墨子 • 非攻》說：「高陽乃命玄宮，禹親把天之瑞令以征有苗，四電誘祇，有神人面鳥身，若瑾以侍，搤矢有苗之祥，苗師大亂，後乃遂幾。」從上文下理也可得之，「玄宮」就是「天之瑞」，也即是天宮。

因此，玄宮是天象，玄官就是掌管天文的大臣，幼官則是玄宮或玄宮，講的是天文和曆法的內容，以及根據天道的統治法。

68.《管子 • 幼官》全文

若因夜虛守靜人物，人物則皇。五和時節，君服黃色，味甘味，聽宮聲，治和氣，用五數，飲於黃後之井，以人果獸之火爨，藏溫濡，行歐養，坦氣修通，凡物開靜，形生理。常至命，尊賢授德，則帝。身仁行義，服忠用信，則王。審謀章禮，選士利械，則霸。定生處死，謹賢修伍，則眾。信賞審罰，爵材祿能，則強。計凡付終，務本飭末，則富。明法審數，立常備能，則治。同異分官，則安。通之以道，畜之以惠，親之以仁，養之以義，報之以德，結之以信，接之以禮，和之以樂，期之以事，攻之以官，發之以力，威之以誠。一舉而上下得終，再舉而民無不從，三舉而地辟散成，四舉而農佚粟十，五舉而務輕金九，六舉而絜知事變，七舉而外內為用，八舉而勝行威立，九舉而帝事成形，九本搏大，人主之守也。八分有職，卿相之守也。十官飾勝備威，將軍之守也。六紀審密，賢人之守也。五紀不解，庶人之守也。動而無不從，靜而無不同。治亂之本三，尊卑之交四，富貧之經五，盛衰之紀六，安危之機七，強弱之應八，存亡之數九。練之以散群僃署。凡數財署，殺僇以聚財，勸勉以選眾，使二分具本。發善必審於密，執威必明於中。此居圖方中。

春，行冬政，肅。行秋政，雷。行夏政，閹。十二，地氣發，戒春事。十二，小卯，出耕。十二，天氣下，賜與。十二，義氣至，修門閭。十二，清明，發禁。十二，始卯，合男女。十二，中卯。十二，下卯。三卯同事，八舉時節。君服青色，味酸味，聽角聲，治燥氣，用八數，飲於青後之井。以羽獸之火爨。藏不忍，行敺養。坦氣修通，凡物開靜，形生理。合內空周外。強國為圈，弱國為屬。動而無不從，靜而無不同。舉發以禮，時禮必得。和好不基。貴賤無司，事變日至。此居於圖東方方外。夏行春政，風。行冬政，落。重則雨雹。行秋政，水。十二，小郢至，德。十二，絕氣下，下爵賞。十二，中郢，賜與。十二，中絕，收聚。十二，大暑至，盡善。十二，中暑。十二，小暑終。三暑同事。七舉時節，君服赤色，味苦味，聽羽聲，治陽氣，用七數。飲於赤後之井。以毛獸之火爨。藏薄純，行篤厚，坦氣修通，凡物開靜，形生理。定府官，明名分，而審責於群臣有司，則下不乘上，賤不乘貴，法立數得，而無比周之民，則上尊而下卑，遠近不乖，此居於圖南方方外。秋行夏政，葉。行春政，華。行冬政，秏。十二，期風至，戒秋事。十二，小卯，薄百爵。十二，白露下，收聚。十二，復理，賜與。十二，始節賦事。十二，始卯，合男女。十二，中卯。十二，下卯。三卯同事。九和時節，君服白色，味辛味，聽商聲，治溼氣，用九數。飲於白後之井。以介蟲之火爨。藏恭敬，行搏銳，坦氣修通，凡物開靜，形生理。閒男女之畜，修鄉閭之什伍。量委積之多寡，定府官之計數。養老弱而勿通，信利周而無私，此居於圖西方方外。冬行秋政，霧。行夏政，雷。行春政，烝泄。十二，始寒，盡刑。十二，小榆，賜予。十二，中寒，收聚。十二，中榆，大收。十二，寒至，靜。十二，大寒，之陰。十二，大寒終三寒同事。

六行時節，君服黑色，味鹹味，聽徵聲，治陰氣，用六數，飲於黑後之井。以鱗獸之火爨。藏慈厚，行薄純。坦氣修通，凡物開靜，形生理。器成於僇，教行於鈔。動靜不記，行止無量。戒審四時以別息，異出入以兩易，明養生以解固，審取予以總之。一會諸侯，令曰：「非玄帝之命，毋有一日之師役」。再會諸侯，令曰：「養孤老，食常疾，收孤寡。」三會諸侯，令曰：「田租百取五。市賦百取二。關賦百取一。毋乏耕織之器。」四會諸侯，令曰：「修道路，偕度量，一稱數。藪澤以時禁發之。」五會諸侯，令曰：「修春秋冬夏之常祭，食。天壤山川之故祀，必以時。」六會諸侯，令曰：「以爾壤生物共玄官，請四輔，將以禮上帝。」七會諸侯，令曰：「官處四體而無禮者。流之焉莠命。」八會諸侯，令曰：「立四義而毋議者，尚之於玄官，聽於三公。」九會諸侯，令曰：「以爾封內之財物，國之所有為幣。」九會，大命焉出，常至。

千里之外，二千里之內。諸侯三年而朝習命。二年，三卿使四輔。一年正月朔日，令大夫來修。受命三公。二千里之外，三千里之內，諸侯五年而會至習命。三年，名卿請事。二年，大夫通吉凶。十年，重適入，正禮義。五年，大夫請受變。三千里之外，諸侯世一至，置大夫以為廷安，入，共受命焉。此居於圖北方方外。

必得文威武官習，勝之，務時因，勝之。終無方，勝之。幾行義，勝之。理名實，勝之。急時分，勝之。事察伐，勝之。行備具，勝之。原無象，勝之。本定獨威，勝。定計財，勝。定聞知，勝。定選士，勝。定製祿，勝。定方用，勝。定綸理，勝。定死生，勝。定成敗，勝。定依奇，勝。定實虛，勝。定盛衰，勝。舉機誠要，則敵不量。用利至誠，則敵不校。明名章實，則士死節。奇舉發不意，則士歡用。交物因方，則械器備。因能利備，則求必得。執務明本，則士不偷。備具無常，無方應也。聽於鈔，故能聞未極。視於新，故能見未形，思於濬，故能知未始。發於驚，故能至無量。動於昌，故能得其寶。立於謀，故能實不可故也。器成教守，則不遠道里。號審教施，則不險山河。博一純固，則獨行而無敵。慎號審章，則其攻不待權與。明必勝，則慈者勇。器無方，則愚者智。攻不守，則拙者巧。數也。動慎十號。明審九章。飾習十器。善習五官。謹修三官。必設常主。計必先定。求天下之精材。論百工之鋭器。器成，角試否臧。收天下之豪傑，有天下之稱材。説行若風雨，發如雷電。此居於圖方中。旗物尚青，兵尚矛。刑則交寒害鈦。器成不守，經不知。教習不著，發不意。經不知，故莫之能圉。發不意，故莫之能應。莫之能應，故全勝而無害。莫之能圉，故必勝而無敵。四機不明，不過九日，而游兵驚軍。障塞不審，不過八日，而外賊得間。由守不慎，不過七日，而內有讒謀。詭禁不修，不過六日，而竊盜者起。死亡不食，不過四日，而軍財在敵。此居於圖東方方外。

旗物尚赤。兵尚戟。刑則燒交彊郊。必明其一，必明其將，必明其政，必明其士。四者備，則以治擊亂，以成擊敗。數戰則士疲，數勝則君驕，驕君使疲民，則國危。至善不戰，其次一之。大勝者積眾。勝無非義者，焉可以為大勝。大勝，無不勝也。此居於圖南方方外。旗物尚白，兵尚劍。刑則紹昧斷絕。始乎無端，卒乎無窮。始乎無端，道也。卒乎無窮，德也。道不可量，德不可數。不可量，則眾強不能圖。不可數，則為軸不敢鄉。兩者備施，動靜有功。畜之以道，養之以德。畜之以道，則民和，養之以德，則民合。和合故能習；習故能偕。偕習以悉。莫之能傷也。此居於圖西方方外。旗物尚黑，兵尚脅盾。刑則游仰灌流。察數而知治，審器而識勝。明謀而適勝。通德而天下定。定宗廟。育男女。官四分，則可以立威、行、德、製法儀、出號令。至善之為兵也，非地是求也，罰人是君也。立義而加之以勝，至威而實之以德。守之而後修，勝心焚海內。民之所利立之，所害除之，則民人從。立為六千里之侯。則大人從。使國君得其治。則人君從會。請命於天地，知氣和，則生物從。計緩急之事。則危危而無難。明於器械之利，則涉難而不變。察於先後之理，則兵出而不困。通於出入之度，則深入而不危。審於動靜之務，則功得而無害。著於取與之分，則得地而不執。慎於號令之官。則舉事而有功。此居於圖北方方外。

69.《管子 • 幼官》作為 10 月太陽曆

看上文，可以得出，它把一年分為 30 個節氣，分別是：

地氣發、小卯(可解作「卵」，即交配)、天氣下、義氣至(可解作「陽氣」)、清明、始斤、中斤、下卯、小郢至、絕氣下、中郢、中絕、大暑至、中暑、小暑中、期風至、小卯、白露下、復理、始節、始卯、中卯、下卯、始寒、小榆、中榆、寒至、大寒、大寒終。每個節氣有 12 日。

按照我們現在使用的農曆，有 12 個月，24 個節氣，這顯然是很簡單易明的數學和邏輯。但為甚麼要把一年分為 30 個節氣，每個節氣 12 日呢？

如果是一年 10 個月，30 個節氣，每個是 12 日，那就明顯是比較合理的數學。

70.《詩經 • 豳風 • 七月》

《詩經 • 豳風》說的從西周初年至春秋中期的民間詩歌，流行地區是在今日的陝西省彬縣附近，是周朝的直屬領土。《豳風》一共有七首，其中的一首《七月》是這樣的：

七月流火，九月授衣。一之日觱發，二之日栗烈。無衣無褐，何以卒歲？三之日於耜，四之日舉趾。同我婦子，饁彼南畝。田畯至喜。

七月流火，九月授衣。春日載陽，有鳴倉庚。女執懿筐，遵彼微行，爰求柔桑。春日遲遲。采蘩祁祁。女心傷悲，殆及公子同歸。

七月流火，八月萑葦。蠶月條桑，取彼斧斨。以伐遠揚，猗彼女桑。七月鳴鵙，八月載績，載玄載黃。我朱孔陽，為公子裳。四月秀葽，五月鳴蜩，八月其穫，十月隕蘀。

一之日於貉，取彼狐貍，為公子裘。二之日其同，載纘武功，言私其豵，獻豜於公。五月斯螽動股，六月莎雞振羽，七月在野，八月在宇，

九月在戶，十月蟋蟀入我牀下。穹窒熏鼠，塞向墐戶。嗟我婦子，曰為改歲。入此室處。六月食鬱及薁，七月亨葵及菽，八月剝棗，十月穫稻。為此春酒，以介眉壽。

七月食瓜，八月斷壺，九月叔苴，采荼薪樗，食我農夫。九月築場圃，十月納禾稼。黍稷重穋，禾麻菽麥。嗟我農夫，我稼既同，上入執宮功。晝爾於茅，宵爾索綯。亟其乘屋，其始播百穀。

二之日鑿冰沖沖，三之日納於凌陰，四之日其蚤，獻羔祭韭。

九月肅霜，十月滌場。朋酒斯饗，曰殺羔羊。躋彼公堂，稱彼兕觥。萬壽無疆。

有人認為，《詩經 • 豳風 • 七月》的曆法背景，就是 10 月太陽曆，因此只提到十月，便停下來了，沒有提及十一月和十二月。傳統的訓詁，是「一之日」和「二之日」就是十一月和十二月，但這並沒有好好的解釋到為何用上這個特別的叫法，再者，這也解釋不了為何還有「三之日」和「四之日」。

根據支持《詩經 • 豳風 • 七月》的曆法背景是彝族的 10 月太陽曆的說法，這曆法一年只有 360 日，有 5 天是「過年日」。因此，「一之日」、「二之日」、「三之日」、「四之日」的意思，其實是一年有10月360日，餘下的幾日，便是「一之日」、「二之日」、「三之日」、「四之日」了。這說法可以解釋到：七月八月時，還不是太冷，為何要「取彼狐貍，為公子裘」，以及「鑿冰沖沖」呢，皆因這幾年正是最冷的新年。

這解法卻有另一個破綻，就是為何沒有「五之日」呢？我的看法是，這一天可能是大年初一，不算在一年之內。

西元前 2787 年，埃及人創立了歷史有記錄的第一個太陽曆。它一年分為三季，一季 4 個月，一個月 30 天，年終有 5 天節日。從實用性看，360 日 +5 節日，比起 365 日，更容易使用。

71.《禮記 • 月令》

看了上文，如果讀者以為，我是企圖去說明，在周朝時代，普遍使用著 10 月太陽曆，這就是一場誤會了，我的本意並非如此。

《禮記》是戰國時代的作品，內容講的是國家制度和宗族禮法，其中第六篇叫《月令》，分為孟春之月、仲春之月、季春之月、孟夏之月、仲夏之月、季夏之月、年中祭祀、孟秋之月、仲秋之月、季秋之月、孟冬之月、仲冬之月、季冬之月等 13 篇，正是一年 12 個月的曆法。

孟春之月，日在營室，昏參中，旦尾中。其日甲乙。其帝大皞，其神句芒。其蟲鱗。其音角。律中大蔟。其數八。其味酸，其臭羶。其祀戶，祭先脾。東風解凍，蟄蟲始振，魚上冰，獺祭魚，鴻鴈來。天子居青陽左個。乘鸞路，駕倉龍，載青旂，衣青衣，服倉玉。食麥與羊，其器疏以達。是月也，以立春。先立春三日，大史謁之天子曰：「某日立春，盛德在木。」天子乃齊。立春之日，天子親帥三公九卿諸侯大夫以迎春於東郊。還反，賞公卿諸侯大夫於朝。命相布德和令，行慶施惠，下及兆民。慶賜遂行，毋有不當。乃命大史守典奉法，司天日月星辰之行，宿離不貸，毋失經紀，以初為常。是月也，天子乃以元日祈穀於上帝。乃擇元辰，天子親載耒耜，措之於參保介之御間，帥三公九卿諸侯大夫，躬耕帝藉。天子三推，公五推，卿諸侯九

推。反，執爵於大寢，三公九卿諸侯大夫皆御，命曰勞酒。是月也，天氣下降，地氣上騰，天地和同，草木萌動。王命布農事，命田舍東郊，皆脩封疆，審端經術。善相丘陵、阪險、原隰土地所宜，五穀所殖，以教道民，必躬親之。田事既飭，先定準直，農乃不惑。是月也，命樂正入學習舞。乃脩祭典。命祀山林川澤，犧牲毋用牝。禁止伐木。毋覆巢，毋殺孩蟲、胎、夭、飛鳥。毋麛、毋卵。毋聚大眾，毋置城郭。掩骼埋胔。是月也，不可以稱兵，稱兵必天殃。兵戎不起，不可從我始。毋變天之道，毋絕地之理，毋亂人之紀。

孟春行夏令，則雨水不時，草木蚤落，國時有恐。行秋令，則其民大疫，猋風暴雨總至，藜、莠、蓬、蒿並興。行冬令，則水潦為敗，雪霜大摯，首種不入。

仲春之月，日在奎，昏弧中，旦建星中。其日甲乙，其帝大皞，其神句芒。其蟲鱗。其音角，律中夾鍾。其數八。其味酸，其臭羶，其祀戶，祭先脾。

始雨水，桃始華，倉庚鳴，鷹化為鳩。天子居青陽大廟，乘鸞路，駕倉龍，載青旂，衣青衣，服倉玉。食麥與羊。其器疏以達。是月也，安萌牙，養幼少，存諸孤。擇元日，命民社。命有司省囹圄，去桎梏，毋肆掠，止獄訟。是月也，玄鳥至。至之日，以大牢祠於高禖。天子親往，后妃帥九嬪御。乃禮天子所御，帶以弓韣，授以弓矢，於高禖之前。是月也，日夜分。雷乃發聲，始電，蟄蟲咸動，啟戶始出。先雷三日，奮木鐸以令兆民曰：「雷將發聲，有不戒其容止者，生子不備，必有凶災。」日夜分，則同度量，鈞衡石，角斗甬，正權概。是月也，耕者少舍。乃脩闔扇，寢廟畢備。毋作大事，以妨農事。是月也，毋竭川澤，毋漉陂池，毋焚山林。天子乃鮮羔開冰，先薦寢廟。上丁，命樂正習舞，釋菜。天子乃帥三公、九卿、諸侯、大夫親往視之。仲丁，又命樂正入學習（舞）〔樂〕。

是月也，祀不用犧牲，用圭璧，更皮幣。仲春行秋令，則其國大水，寒氣揔至，寇戎來征。行冬令，則陽氣不勝，麥乃不熟，民多相掠。行夏令，則國乃大旱，煖氣早來，蟲螟為害。

季春之月，日在胃，昏七星中，旦牽牛中。其日甲乙。其帝大皞，其神句芒。其蟲鱗。其音角，律中姑洗。其數八。其味酸，其臭羶，其祀戶，祭先脾。桐始華，田鼠化為鴽，虹始見，萍始生。天子居青陽右個，乘鸞路，駕倉龍，載青旂，衣青衣，服倉玉。食麥與羊。其器疏以達。是月也，天子乃薦鞠衣於先帝。命舟牧覆舟，五覆五反。乃告「舟備具」於天子焉，天子始乘舟。薦鮪於寢廟，乃為麥祈實。是月也，生氣方盛，陽氣發泄，句者畢出，萌者盡達。不可以內。天子布德行惠，命有司發倉廩，賜貧窮，振乏絕，開府庫，出幣帛，周天下。勉諸侯，聘名士，禮賢者。是月也，命司空曰：「時雨將降，下水上騰，循行國邑，周視原野，修利隄防，道達溝瀆，開通道路，毋有障塞。田獵，罝罘、羅罔、畢翳、餧獸之藥，毋出九門。」是月也，命野虞無伐桑柘。鳴鳩拂其羽，戴勝降於桑。具曲、植、籧、筐。后妃齊戒，親東鄉躬桑。禁婦女毋觀，省婦使以勸蠶事。蠶事既登，分繭稱絲效功，以共郊廟之服，無有敢惰。是月也，命工師令百工審五庫之量：金鐵，皮革筋，角齒，羽箭幹，脂膠丹漆，毋或不良。百工咸理，監工日號；毋悖於時，毋或作為淫巧以蕩上心。是月之末，擇吉日，大合樂，天子乃（率）〔帥〕三公、九卿、諸侯、大夫親往視之。是月也，乃合累牛、騰馬，遊牝於牧。犧牲、駒、犢，舉，書其數。命國難，九門磔攘，以畢春氣。季春行冬令，則寒氣時發，草木皆肅，國有大恐。行夏令，則民多疾疫，時雨不降，山林不收。行秋令，則天多沈陰，淫雨蚤降，兵革並起。

孟夏之月，日在畢，昏翼中，旦婺女中。其日丙丁。其帝炎帝，其神祝融。其蟲羽。其音徵，律中中呂。其數七。其味苦，其臭焦。其祀竈，祭先肺。螻蟈鳴，蚯蚓出，王瓜生，苦菜秀。天子居明堂左個，乘朱路，駕赤駵，載赤旂，衣朱衣，服赤玉。食菽與雞。其器高以粗。是月也，以立夏。先立夏三日，大史謁之天子曰：「某日立夏，盛德在火。」天子乃齊。立夏之日，天子親帥三公、九卿、大夫以迎夏於南郊。還反，行賞，封諸侯。慶賜遂行，無不欣說。乃命樂師習合禮樂。命（太）〔大〕尉贊桀俊，遂賢良，舉長大，行爵出祿，必當其位。是月也，繼長增高，毋有壞墮，毋起土功，毋發大眾，毋伐大樹。是月也，天子始絺。命野虞出行田原，為天子勞農勸民，毋或失時。命司徒巡行縣鄙，命農勉作，毋休於都。是月也，驅獸毋害五穀，毋大田獵。農乃登麥，天子乃以彘嘗麥，先薦寢廟。是月也，聚畜百藥。靡草死，麥秋至。斷薄刑，決小罪，出輕繫。蠶事〔既〕畢，后妃獻繭。乃收繭稅，以桑為均，貴賤長幼如一，以給郊廟之服。

是月也，天子飲酎，用禮樂。孟夏行秋令，則苦雨數來，五穀不滋，四鄙入保。行冬令，則草木蚤枯，後乃大水，敗其城郭。行春令，則（蝗蟲）〔蟲蝗〕為災，暴風來格，秀草不實。

仲夏之月，日在東井，昏亢中，旦危中。其日丙丁。其帝炎帝，其神祝融。其蟲羽，其音徵，律中蕤賓。其數七。

其味苦，其臭焦，其祀竈，祭先肺。

小暑至，螳蜋生。（鵙）〔鶪〕始鳴，反舌無聲。天子居明堂太廟，乘朱路，駕赤騮，載赤旂，衣朱衣，服赤玉，食菽與雞。其器高以粗。養壯佼。是月也，命樂師脩鞀、鞞、鼓，均琴、瑟、管、簫，執干、戚、戈、羽，調竽、笙、箎、簧，飭鍾、磬、柷、敔。命有司為民祈祀山川百源，大雩帝，用盛樂。乃命百縣雩祀百辟卿士有益於民者，以祈穀實。農乃登黍。是月也，天子乃以雛嘗黍，羞以含桃，先薦寢廟。令民毋艾藍以染，毋燒灰，毋暴布。門閭毋閉，關市毋索。挺重囚，益其食。游牝別群，則縶騰駒，班馬政。是月也，日長至，陰陽爭，死生分。君子齊戒，處必掩身，毋躁。止聲色，毋或進。薄滋味，毋致和。節耆欲，定心氣，百官靜事毋刑，以定晏陰之所成。

鹿角解，蟬始鳴。半夏生，木堇榮。

是月也，毋用火南方。可以居高明，可以遠眺望，可以升山陵，可以處臺榭。

仲夏行冬令，則雹凍傷穀，道路不通，暴兵來至。行春令，則五穀晚熟，百螣時起，其國乃饑。行秋令，則草木零落，果實早成，民殃於疫。

季夏之月，日在柳，昏火中，旦奎中。其日丙丁。其帝炎帝，其神祝融。其蟲羽。其音徵，律中林鍾。其數七。其味苦，其臭焦。其祀竈，祭先肺。溫風始至，蟋蟀居壁，鷹乃學習，腐草為螢。天子居明堂右個，乘朱路，駕赤騮，載赤旂，衣朱衣，服赤玉。食菽與雞，其器高以粗。命漁師伐蛟取鼉，登龜取黿。命澤人納材葦。是月也，命四監大合百縣之秩芻，以養犧牲。令民無不咸出其力，以共皇天、上帝、名山、大川、四方之神，以祠宗廟社稷之靈，以為民祈福。是月也，命婦官染采，黼黻文章必以法故，無或差貸。黑黃倉赤，莫不質良，毋敢詐偽，以給郊廟祭祀之服，以為旗章，以別貴賤等給之度。是月也，樹木方盛，乃命虞人入山行木，毋有斬伐。不可以興土功，不可以合諸侯，不可以起兵動眾，毋舉大事，以搖養氣。毋發令而待，以妨神農之事也。水潦盛昌，神農將持功，舉大事則有天殃。是月也，土潤溽暑，大雨時行，燒薙行水，利以殺草，如以熱湯。可以糞田疇，可以美土疆。季夏行春令，則穀實鮮落，國多風欬，民乃遷徙。行秋令，則丘隰水潦，禾稼不熟，乃多女災。行冬令，則風寒不時，鷹隼蚤鷙，四鄙入保。中央土。其日戊己，其帝黃帝，其神后土。其蟲裸，其音宮，律中黃鍾之宮。其數五。其味甘，其臭香。其祀中霤，祭先心。天子居大廟大室。乘大路，駕黃騂，載黃旂，衣黃衣，服黃玉。食稷與牛。其器圜以閎。

孟秋之月，日在翼，昏建星中，旦畢中。其日庚辛。其帝少（嗥）〔皞〕，其神蓐收。其蟲毛。其音商，律中夷則。其數九。其味辛，其臭腥。其祀門，祭先肝。涼風至，白露降，寒蟬鳴。鷹乃祭鳥，用始行戮。天子居總章左個，乘戎路，駕白駱，載白旂，衣白衣，服白玉，食麻與犬，其器廉以深。是月也，以立秋。先立秋三日，大史謁之天子曰：「某日立秋，盛德在金。」天子乃齊。立秋之日，天子親帥三公、九卿、諸侯、大夫以迎秋於西郊。還反，賞軍帥、武人於朝。天子乃命將帥選士厲兵，簡練桀俊，專任有功，以征不義。詰誅暴慢，以明好惡，順彼遠方。是月也，命有司脩法制，繕囹圄，具桎梏，禁止姦，慎罪邪，務搏執。命理瞻傷、察創、視折、審（斷）決。〔斷〕獄訟，必端平。戮有罪，嚴斷刑。天地始肅，不可以贏。是月也，農乃登穀。天子嘗新，先薦寢廟。命百官始收斂，完隄（坊）〔防〕，謹壅塞，以備水潦。脩宮室，壞牆垣，補城郭。是月也，毋以封諸侯，立大官。毋以割地，行大使，出大幣。孟秋行冬令，則陰氣大勝，介蟲敗穀，戎兵乃來。行春令，則其國乃旱，陽氣復還，五穀無實。行夏令，則國多火災。寒熱不節，民多瘧疾。

仲秋之月，日在角，昏牽牛中，旦觜觿中。其日庚辛，其帝少皞，其禮蓐收。其蟲毛。其音商，律中南呂。其數九。其味辛，其臭腥。其祀門，祭先肝。

盲風至，鴻鴈來，玄鳥歸。群鳥養羞。天子居總章大廟，乘戎路，駕白駱，載白旂，衣白衣，服白玉，食麻與犬。其器廉以深。是月也，養衰老，授几杖，行麋粥飲食。乃命司服具飭衣裳，文繡有恆，制有小大，度有（長短）〔短長〕。衣服有量，必循其故，冠帶有常。乃命有司申嚴百刑，斬殺必當，毋或枉橈。枉橈不當，反受其殃。是月也，乃命宰、祝循行犧牲，視全具，案芻豢，瞻肥瘠，察物色。必比類，量小大，視長短，皆中度。五者備當，上帝其饗。天子乃難，以達秋氣。以犬嘗麻，先薦寢廟。是月也，可以築城郭，建都邑，穿竇窖，脩囷倉。乃命有司趣民收斂，務畜菜，多積聚。乃勸種麥，毋或失時。其有失時，行罪無疑。是月也，日夜分，雷始收聲。蟄蟲壞戶，殺氣浸盛，陽氣日衰，水始涸。

日夜分，則同度量，平權衡，正鈞石，角斗甬。是月也，易關市，來商旅，納貨賄，以便民事。四方來集，遠鄉皆至，則財不匱，上無乏用，百事乃遂。凡舉大事，毋逆大數，必順其時，慎因其類。仲秋行春令，則秋雨不降，草木生榮，國乃有恐。行夏令，則其國乃旱，蟄蟲不藏，五穀復生。

行冬令，則風災數起，收雷先行，草木蚤死。

季秋之月，日在房，昏虛中，旦柳中。其日庚辛。其帝少皞，其神蓐收。其蟲毛，其音商，律中無射。其數九。其味辛，其臭腥。其祀門，祭先肝。鴻鴈來賓。爵入大水為蛤。鞠有黃華，豺乃祭獸戮禽。天子居總章右個，乘戎路，駕白駱，載白旂，衣白衣，服白玉。食麻與犬，其器廉以深。是月也，申嚴號令。命百官貴賤無不務內，以會天地之藏，無有宣出。乃命冢宰，農事備收，舉五穀之要，藏帝藉之收於神倉，祗敬必飭。是月也，霜始降，則百工休。乃命有司曰：「寒氣總至，民力不堪，其皆入室。」上丁，命樂正入學習吹。是月也，大饗帝，嘗，犧牲告備於天子。合諸侯，制百縣，為來歲受朔日，與諸侯所稅於民輕重之法，貢職之數，以遠近土地所宜為度，以給郊廟之事，無有所私。是月也，天子乃教於田獵，以習五戎，班馬政。命僕及七騶咸駕，載旌、旐，授車以級，整設於屏外。司徒搢撲，北面誓之。天子乃厲飾，執弓挾矢以獵，命主祠祭禽於四方。

是月也，草木黃落，乃伐薪為炭。蟄蟲咸俯在穴，皆墐其戶。乃趣獄刑，毋留有罪。收祿秩之不當、供養之不宜者。是月也，天子乃以犬嘗稻，先薦寢廟。

季秋行夏令，則其國大水，冬藏殃敗，民多鼽嚏。行冬令，則國多盜賊，邊竟不寧，土地分裂。行春令，則煖風來至，民氣解惰，師興不居。

孟冬之月，日在尾，昏危中，旦七星中。其日壬癸。其帝顓頊，其神玄冥。其蟲介。其音羽，律中應鍾。其數六。其味鹹，其臭朽。其祀行，祭先腎。

水始冰，地始凍。雉入大水為蜃。虹藏不見。天子居玄堂左個，乘玄路，駕鐵驪，載玄旂，衣黑衣，服玄玉。食黍與彘。其器閎以奄。是月也，以立冬。先立冬三日，太史謁之天子曰：「某日立冬，盛德在水。」天子乃齊。立冬之日，天子親帥三公、九卿、大夫以迎冬於北郊，還反，賞死事，恤孤寡。是月也，命大史釁龜、筴，占兆，審卦吉凶，是察阿黨，則罪無有掩蔽。是月也，天子始裘。命有司曰：「天氣上騰，地氣下降，天地不通，閉塞而成冬。」命百官謹蓋藏。命司徒循行積聚，無有不斂。壞城郭，戒門閭，脩鍵閉，慎管籥，固封疆備邊竟，完要塞，謹關梁，塞徯徑。飭喪紀，辨衣裳，審棺槨之薄厚，塋、丘壟之大小、高卑、厚薄之度，貴賤之等級。是月也，命工師效功，陳祭器，按度程。毋或作為淫巧以蕩上心。必功致為上。物勒工名，以考其誠。功有不當，必行其罪，以窮其情。是月也，大飲烝。天子乃祈來年於天宗，大割祠於公社及門閭。臘先祖五祀，勞農以休息之。天子乃命將帥講武習射御角力。是月也，乃命水虞、漁師收水泉池澤之賦。毋或敢侵削眾庶兆民，以為天子取怨於下。其有若此者，行罪無赦。孟冬行春令，則凍閉不密，地氣上泄，民多流亡。行夏令，則國多暴風，方冬不寒，蟄蟲復出。行秋令，則雪霜不時，小兵時起，土地侵削。

仲冬之月，日在斗，昏東壁中，旦軫中。其日壬癸。其帝顓頊，其神玄冥。其蟲介。其音羽，律中黃鍾。其數六。其味鹹，其臭朽。其祀行，祭先腎。冰益壯，地始坼。鶡旦不鳴，虎始交。天子居玄堂大廟，乘玄路，駕鐵驪，載玄旂，衣黑衣，服玄玉。食黍與彘，其器閎以奄。飭死事。命有司曰：「土事毋作，慎毋發蓋，毋發室屋及起大眾，以固而閉。地氣沮，是謂發天地之房，諸蟄則死，民必疾疫，又隨以喪。命之曰暢月。」是月也，命奄尹申宮令，審門閭，謹房室，必重閉。省婦事，毋得淫，雖有貴戚近習，毋有不禁。乃命大酋，秫稻必齊，麴蘗必時，湛熾必絜，水泉必香，陶器必良，火齊必得，兼用六物。大酋監之，毋有差貸。天子命有司祈祀四海、大川、名源、淵澤、井泉。是月也，農有不收藏積聚者，馬牛畜獸有放佚者，取之不詰。山林藪澤，有能取蔬食，田獵禽獸者，野虞教道之，其有相侵奪者，罪之不赦。是月也，日短至。陰陽爭，諸生蕩。君子齊戒，處必掩身。身欲寧，去聲色，禁耆慾。安形性，事欲靜，以待陰陽之所定。芸始生，荔挺出，蚯蚓結，麋角解，水泉動。日短至，則伐木，取竹箭。是月也，可以罷官之無事、去器之無用者。塗闕廷、門閭，築囹圄，此所以助天地之閉藏也。仲冬行夏令，則其國乃旱，氛霧冥冥，雷乃發聲。行秋令，則天時雨汁，瓜瓠不成，國有大兵。行春令，則蝗蟲為敗，水泉咸竭，民多疥癘。

季冬之月，日在婺女，昏婁中，旦氐中。其日壬癸。其帝顓頊，其神玄冥。其蟲介。其音羽，律中大呂。其數六。其味鹹，其臭朽。其祀行，祭先腎。鴈北鄉，鵲始巢。雉雊，雞乳。天子居玄堂右個。乘玄路，駕鐵驪，載玄旂，衣黑衣，服玄玉，食黍與彘，其器閎以奄。命有司大難，旁磔，出土牛，以送寒氣。征鳥厲疾。乃畢山川之祀，及帝之大臣，天之神祇。是月也，命漁師始漁，天子親往，乃嘗魚，先薦寢廟。冰方盛，水澤腹堅。命取冰，冰以入。令告民出五種。命農計耦耕事，脩耒耜，具田器。命樂師大合吹而罷。乃命四監收秩薪柴，以共郊廟及百祀之薪燎。是月也，日窮於次，月窮於紀，星回於天。數將幾終，歲且更始。專而農民，毋有所使。天子乃與公、卿、大夫共飭國典，

論時令，以待來歲之宜。乃命太史次諸侯之列，賦之犧牲，以共皇天、上帝、社稷之饗。乃命同姓之邦共寢廟之芻豢。命宰歷卿大夫至於庶民土田之數，而賦犧牲，以共山林名川之祀。凡在天下九州之民者，無不咸獻其力，以共皇天、上帝、社稷、寢廟、山林、名川之祀。季冬行秋令；則白露蚤降，介蟲為妖，四鄙入保。行春令，則胎夭多傷，國多固疾，命之曰逆。行夏令，則水潦敗國，時雪不降，冰凍消釋。

從以上的引文，第一點看到的，是政府在不同的月份季節，除了有不同的禮儀之外，還要作出不同的經濟活動，以輔助農耕、狩獵、基建工程等等工作，並且也說明了，一旦政府做出了不合天時的工作，如春天做了其他三季的事，或冬天做了其他三季的事，將會造成巨大的災難後果。這種解說，也旁證出在當時的社會，政府頒布正確的曆法，是多麼重要，因為曆法也是政府一年的工作時間表。

第二點是，《禮記 • 月令》的內容，《呂氏春秋》也有記載。同是戰國時代的作品《逸周書》也有《月令》篇，但已失傳。

72. 天干和太陽曆

甲乙丙丁等等十天干，最初很可能並非用來日，而是用來紀「月」。

十天干就是十月太陽曆的記法。《左傳 • 昭公五年》說：「日元數十，故有十時，亦當有十位。」西晉學者杜預的注是：「天有十日。」前文解釋過，「時」也可解作「季節」，「十時」就是「十個季節」，也即是十個「月」。

換言之，《呂氏春秋 • 尊師》說的：「黃帝師大撓。」

以及東漢學者高誘的注：「大撓作甲子。」就是在黃帝時代，開始使用了十月太陽曆。

《山海經》說：「日有十，在海外。東方有湯谷，上有扶桑，十日浴沐水中，有大木，九日居下枝，一日居上枝。」《淮南書》說：「燭十日。堯時十日竝出，萬物焦枯，堯上射十日。」

這些說來好像是神話，但其實指的也是一年分為十「月」，即太陽曆。

73. 10月太陽曆的普及性

《詩經 • 豳風》雖然是周朝土地的作品，但是其所述及的 10 月太陽曆法究竟是在何時使用，是春秋時期、是在戰國時期，還是未知之數。同樣原理，《禮記 • 月令》是一部 12 月的曆法，但它究竟是在周朝土地使用，抑或是在其他方國使用，也未可知。

在春秋戰國時代，知識普及，很多方國已經擁有計算曆法的專門人才，正如史記 • 曆書》所言：「幽厲之後，周室微，陪臣執政，君不告朔，故疇人子弟分散，或在諸夏，或在夷。」南北朝的史學家裴駰寫的《史記集解》說：「家業世世相傳為疇。」

這即是說，周朝的職業的天文官，本來是負責計算曆法，但在周朝衰敗之後，這種顯示天子權威的做法，周朝已不幹了。「君不告朔」，即是每月的初一不向人民宣示曆法了，而向來負責這工作的疇人，也即是專業人士，也失業、跑了，有些走到了仍然奉周天子為正朔的諸國，有些走到了夷狄的國家，因此，曆法的知識也分散到了各地。

周朝也沒有威望去強迫其他方國去使用中央政府所使

用的曆法，因此，在當時，各國應有多種不同的曆法存在，10 月太陽曆和 12 月的陰陽合曆應該同時被不同的方國使用，前文說過有用歲星紀年，後文也會講到古代流傳下來的大火曆。

當然，這更不排除政府和民間的曆法會有所不同，好比在我小時侯，還有很多老一輩的人堅持使用農曆。其實，中國取消農曆而使用西曆，是在 1912 年，那時這些老人家還未出生，由此可以見得，古代的傳統曆法的生命力是何等頑強。還有另一些可能性，例如王族的世系計算、占卜所用的術數計算，也往往會沿用古曆。

前文說過，周朝的文化傳承自夏朝，因此，它的民間曆法也很有可能是來自《夏小正》的 10 月太陽曆。但很多學者也認為，它的官方曆法則已轉為殷朝的陰陽合曆，不過民間仍然有很多人繼續使用自古通行的夏朝曆法。

事實上，民間採用不同於官方的曆法，在所多見，《新五代史 • 司天考一》說：

唐建中時，術者曹士蔿始變古法，以顯慶五年為上元，雨水為歲首，號《符天曆》。然世謂之小曆，只行於民間。而重績乃用以為法，遂施於朝廷，賜號《調元曆》。然行之五年，輒差不可用，而複用《崇玄曆》。

周廣順中，國子博士王處訥私撰《明玄曆》於家。民間又有《萬分曆》，而蜀有《永昌曆》、《正象曆》，南唐有《齊政曆》。五代之際，曆家可考見者止於此。而《調元曆》法既非古，《明玄》又止藏其家，《萬分》止行於民間，其法皆不足紀。而《永昌》《正象》《齊政曆》，皆止用於其國，今亦亡，不複見。

戰國時齊國學者公羊高注釋孔的《春秋》，寫的《公羊

傳 • 春王正月》可以作為另一個注腳：「元年者何？君之始年也。春者何？歲之始也。王者孰謂？謂文王也。曷為先這王而後言正月？王正月也。何言乎王正月？大一統也。」

簡單點說，「王」就是周朝的官方曆法，「王的曆法」居然要標名「王正月」而不是簡單說「正月」，很有可能就是有別的曆法，為免混淆，才有需要去特別說明。

但最為人熟悉的，莫過於今天，因為早在1912年，中國已經實行了西方的格里曆，但是一百多年後的今天，民間仍然有不少人參考農曆。

74. 夏曆與參宿

參就是「參宿」，即二十八宿之一。古文的「參」也通今日的「三」，正如我們寫支票，也會把「三」寫成「參」。它原來指的是三顆星，也即是參宿一、參宿二、參宿三，民間稱為福祿壽三星。到了後來，再加上了四顆星，是為現時的參宿七星，屬於今日的獵戶座。

《史記 • 天官書》說：「參為白虎，三星直者，是為衡石。下有三星，兑，曰罰，為斬艾事。其外四星，左右肩股也。小三星隅置，曰『觜』，虎首。」按：「白虎」指的是：青龍、朱雀、白虎、玄武這四象中的白虎。

參宿是由多顆恆組成的星宿，如果是單一的「參星」，有人以為即是金星，這是錯的。參星是參宿二，英文即Alnilam，是一顆藍超巨星，距離地球1,342光年，在原始三顆參宿恆星之中是最亮的，在天空中的亮度排名是第30亮。

後文會提及的近代史學家龐樸，提出了《夏小正》用來作為座標參考計算天文曆法的，就是參星。這是由於《夏小正》多次提到參，正月是「初昏參中」，三月是「參則服」，五月是「參則見。參也者，伐星也，故盡其辭也。」八月是「參中則旦」。

究竟《夏小正》是不是旁證出夏朝使用的是參星紀年，由於證據不足，實在難以證。正如《左傳 • 昭公元年》記載：

昔高辛氏有二子，伯曰「閼伯」，季曰「實沈」，居於曠林，不相能也。日尋干戈，以相討伐。后帝不臧，遷閼伯于商丘，主辰，商人是因，故辰為商星。遷實沈於大夏，主參，唐人是因，以服事夏、商。其季世曰「唐叔虞」。

《史記 • 鄭世家》也有類似的說法：「遷實沉于大夏，主參，服虔曰：『大夏在汾澮之間，主祀參星。』」

正如前文，參是參宿二，商是心宿二，前者在東方，後者在西方，地球則在兩者之間，因此兩者永不相見。這兩國各自崇拜一顆和對方永不相見的恆星，也是有其象徵意義。

不過，主辰和主參可能只是崇拜的對象，並不代表這兩國是以該星來作為曆法的計算。

在這裏，我必須補說一下古代玄學。商人崇拜辰星，唐人崇拜參星，並非偶然現象，占星術中，不同的星星代表了不同的國家，也代表了不同的大人物。

這其中最有名的故事，莫過於《三國演義》中第一百零三回「上方谷司馬受困，五丈原諸葛禳星」說：

是夜孔明扶病出帳，仰觀天文，十分驚慌：入帳謂姜維曰：「吾命在旦夕矣！」維曰：「丞相何出此言？」孔明曰：「吾見三台星中，客星倍明，主星幽隱，相輔列曜，其光昏暗：天象如此，吾命可知！」維曰：「天象雖則如此，丞相何不用祈禳之法挽回之？」孔明曰：「吾素諳祈禳之法，但未知天意如何。汝可引甲士四十九人，和執皂旗，穿皂衣，環繞帳外；我自於帳中祈禳北斗。若七日內主燈不滅，

吾壽可增一紀；如燈滅，吾必死矣。閒雜人等，休令放入。凡一應需用之物，只令二小童搬運。」

姜維領命，自去準備。時值八月中秋，是夜銀河耿耿，玉露零零；旌旗不動，刁斗無聲。姜維在帳外引四十九人守護。孔明自於帳中設香花祭物。地上分布七盞大燈，外布四十九盞小燈，內安本命燈一盞。孔明拜祝曰：「亮生於亂世，甘老林泉；承昭烈皇帝三顧之恩，託孤之重，不敢不竭犬馬之勞，誓討國賊。不意將星欲墜，陽壽將終。謹書尺素，上告穹蒼。伏望天慈，俯垂鑒聽，曲延臣算，使得上報君恩，下救民命，克復舊物，永延漢祀。非敢妄祈，實由情切。」拜祝畢，就帳中俯伏待旦。次日，扶病理事，吐血不止；日則計議軍機，夜則布罡踏斗。

卻說司馬懿在營中堅守，忽一夜仰觀天文，大喜，謂夏侯霸曰：「吾見將星失位，孔明必然有病，不久便死。你可引一千軍去五丈原哨探。若蜀人攘亂不出接戰，孔明必然患病矣。吾當乘勢擊之。」霸引兵而去。

孔明在帳中祈禳已及六夜，見主燈明亮，心中甚嘉。姜維入帳，正見孔明披髮仗劍，踏罡步斗，壓鎮將星。忽聽得寨外吶喊，方欲令人出問，魏延飛步入告曰：「魏兵至矣！」延腳步急，竟將主燈撲滅。孔明棄劍而歎曰：「死生有命，不可得而禳也！」魏延惶恐，伏地請罪；姜維忿怒，拔劍欲殺魏延。正是：萬事不由人做主，一心難與命爭衡。未知魏延性命如何，且看下文分解。

結果在下一章節，大星殞落，孔明便歸天了。這一百零四章正是叫「隕大星漢丞相歸天，見木像魏都督喪膽」：

孔明不答。眾將近前視之，已薨矣。時建興十二年秋八月二十三日也：壽五十四歲。後杜工部有詩歎曰：「長

星昨夜墜前營，訃報先生此日傾。虎帳不聞施號令，麟臺誰復著勳名。空餘門下三千客，辜負胸中十萬兵。好看綠陰清晝裡，於今無復迓歌聲！」

卻說司馬懿夜觀天文，見一大星，赤色，光芒有角，自東北方流於西南方，墜於蜀營內，三投再起，隱隱有聲。懿驚喜曰：「孔明死矣！」即傳令起大兵追之。方出轅門，忽又疑慮曰：「孔明善會六丁六甲之法，今見我久不出戰，故以此術詐死，誘我出耳。今若追之，必中其計。」遂復勒馬回寨不出，只令夏侯霸暗引數十騎，往五丈原山僻哨探消息。

先前說到參星和商星的故事，這是非常有名的典故，但後世更有名的是杜甫的名詩《贈衛八處士》：「人生不相見，動如參與商。今夕複何夕，共此燈燭光。少壯能幾時，鬢發各已蒼。訪舊半為鬼，驚呼熱中腸。焉知二十載，重上君子堂。昔別君未婚，兒女忽成行。怡然敬父執，問我來何方。問答乃未已，驅兒羅酒漿。夜雨剪春韭，新炊間黃粱。主稱會面難，一舉累十觴。十觴亦不醉，感子故意長。明日隔山岳，世事兩茫茫。」

在杜甫的年代，燈火已經流行，文人也會挑燈夜讀，尋常百姓對於天文星宿的知識，遠遠比不上戰國時代，這正如今人相比起唐朝人的天文常識，又已遠遠不及。但是，「參商不相見」，以及很多有關星象的典故，在讀書人而言，是常識，但他們也並不一定知道該星的正確位置，這正如今日，誰都聽過金、木、水、火、土這五大行星，但是能夠在夜空中指出其位置者，一萬個人也找不出一個。

75. 五行曆

「五行曆」是從 10 月太陽曆衍生出來的曆法：它把一

年分為 5 等份，也即是 5 季，皆因 12 個月可除為 4 季，但 10 個月只能除出 5 個等份。

前文已講過，「五行」的金、木、水、火、土只是5個字，並不一定指 5 種物質，也可以代表其他不同的事物，其中之一，就是季節。

例如《管子 • 五行篇》說：「作立五行，以正天時，五官以正人位。」

古代中國有一段很長的日子，是一年 12 個月的陰陽合曆和 10 個月的太陽曆並行，這好比在今日的世界，西方傳來的新曆，和民國以前使用的農曆並存。

這也即是說，「四時」和「五行」同時存在。

相關的記載很多，這裏且列出部分：《左傳 • 昭西元年》講述了名醫「醫和」對於不同季節令到人類患上不同疾病的原理：「天有六氣，降生五味，發為五色，徵為五聲。淫生六疾。六氣曰陰、陽、風、雨、晦、明，分為四時，序為五節，過則為菑。」

這裏稍作說明，「菑」是「災害」的意思，即不依季節行事，就會遭到災害。

《春秋繁露 • 五刑相生》說：「天地之氣，合而為一，分為陰陽，判為四時，列為五行。」《禮記· 禮運》「播五行於四時，故五時謂之五辰」。班固的《白虎通德論》說：「行有五，時有四，何？四時為時，五行為節。」

至於「五行曆」，是以 72 日為一單位，《管子 • 五行》的說法是：「日至，睹甲子，木行御……七十二日而畢。」「睹丙子，火行御……七十二日而畢。」

睹戊子，土行御……七十二日而畢。」「睹庚子，金行御……七十二日而畢。」」睹壬子，水行御……七十二日而畢。」

76. 管子 • 五行

以下也循例將《管子 • 五行》的全文刊出。此文的主題，是君主 / 政府應在不同的季節，施行不同的政策。仍然是一貫的說法：這是給作者本人參考用，以便在未來修改本書時，不用翻查原文。讀者不喜，可跳過不讀。

一者本也，二者器也，三者充也，治者四也，教者五也，守者六也，立者七也，前者八也，終者九也，十者然後具五官於六府也，五聲於六律也。六月日至，是故人有六多，六多所以街天地也。天道以九制，地理以八制，人道以六制。以天為父，以地為母，以開乎萬物，以總一統。通乎九制、六府、三充而為明天子。修槩水，上以待乎天堇。反五藏以視不親。治祀之，下以觀地位。貨曋神廬，合於精氣。已合而有常，有常而有經。審合其聲，修十二鍾，以律人情。人情已得，萬物有極，然後有德。故通乎陽氣，所以事天也，經緯日月，用之於民。通乎陰氣，所以事地也，經緯星曆，以視其離。通若道然後有行，然則神筮不靈，神龜衍不卜，黃帝澤參，治之至也。

昔者黃帝得蚩尤而明于天道，得大常而察於地利，得奢龍而辯於東方，得祝融而辯於南方，得大封而辯於西方，得後土而辯於北方。黃帝得六相而天地治，神明至。蚩尤明乎天道，故使為當時。大常察乎地利，故使為廩者；奢龍辨乎東方，故使為土師；祝融辨乎南方，故使為司徒；大封辨於西方，故使為司馬；後土辨乎北方，故使為李。是故春者土師也，夏者司徒也，秋者司馬也，冬者李也。昔黃帝以其緩急作五聲，以政五鍾。令其五鍾：一曰青鍾，大音；二曰赤鍾，重心；三曰黃鍾，灑光；四曰景鍾，昧其明；五曰黑鍾，隱其常。五聲既調，然後作立五行，以正天時，

五官以正人位。人與天調，然後天地之美生。

日至，睹甲子木行禦。天子出令，命左右士師內禦，總別列爵，論賢不肖士吏，賦秘賜賞於四境之內，發故粟以田數，出國衡，順山林，禁民斬木，所以愛草木也。然則水解而凍釋，草木區萌，贖蟄蟲，卵菱春辟勿時，苗足本，不癘雛鷇，不夭麑麇，毋傅速，亡傷繈葆，時則不凋。七十二日而畢。

睹丙子，火行禦。天子出令，命行人內禦，令掘溝澮，津舊塗，發臧任君賜賞。君子修游馳以發地氣，出皮幣，命行人修春秋之禮于天下諸侯，通天下，遇者兼和。然則天無疾風，草木發奮，鬱氣息，民不疾而榮華蕃。七十二日而畢。

睹戊子，土行禦。天子出令，命左右司徒內禦，不誅不貞，農事為敬，大揚惠言，寬刑死，緩罪人。出國，司徒令命順民之功力，以養五穀。君子之靜居，而農夫修其功力極。然則天為粵宛，草木養長，五穀蕃實秀大，六畜犧牲具，民足財，國富，上下親，諸侯和。七十二日而畢。

睹庚子，金行禦。天子出令，命祝宗選禽獸之禁，五穀之先熟者，而薦之祖廟與五祀。鬼神饗其氣焉，君子食其味焉。然則涼風至，白露下。天子出令，命左右司馬衍組甲厲兵，合什為伍，以修於四境之內，諛然告民有事，所以待天地之殺斂也。然則晝炙陽，夕下露，地競環，五穀鄰熟，草木茂。實歲農豐，年大茂。七十二日而畢。

睹壬子，水行禦。天子出令，命左右使人內禦。其氣足則發而止，其氣不足則發撊瀆盜賊，數剶竹箭，伐檀柘，令民出獵禽獸，不釋巨少而殺之，所以貴天地之所閉藏也。然則羽卵者不段，毛胎者不牘，腫婦不銷棄，草木根本美。

七十二日而畢。

睹甲子，木行禦。天子不賦，不賜賞，而大斬伐傷，君危。不殺，太子危，家人夫人死，不然則長子死。七十二日而畢。睹丙子，火行禦。天子敬行急政，旱箚苗死，民厲。七十二日而畢。睹戊子，土行禦。天子修宮室，築台榭，君危。外築城郭，臣死。七十二日而畢。睹庚子，金行禦，天子攻山擊石，有兵，作戰而敗，士死喪執政。七十二日而畢。睹壬子，水行禦。天子決塞動大水，王后夫人薨。不然，則羽卵者段，毛胎者膭，孋婦銷棄，草木根本不美。七十二日而畢也。

77.《河圖》曆法

前文說過，《河圖》就是十月太陽曆。

隋朝的術數家蕭吉在《五行大義 • 論干支名》中說：「干支者，因五行而立之。昔軒轅之時，大撓氏所創。」

簡單點說，大撓氏所創造的甲子干支，就是《河圖》的數學本源，皆因黃帝的發源地，是在黃河流域一帶，有別於在山東、河南兩省的文明所在。因此，《後漢書 • 天文志》也說：「軒轅始受《河圖》，斗苞授規日月星辰之象，故星官之書自黃帝始。至高陽氏，使南正重司天，北正黎司地。」

正如前面所言，《河圖》的載體是石板，非常沉重，因此它是一份年曆，一年十個月，五月和十月放在中間，就是以半年的劃分。至於5在中間的另一原因，是和《洛書》一樣，代表了360日之外的5日。

在甲骨文中，十二地支中的第六個「巳」會寫成「子」，這令人十分混淆：如此不是和十天干的首個「子」相疊了嗎？這證明了，在初時，天干和地支是各自獨立的系統，不是像後來般，相交地輪流使用，10 天干加 12 地支就是 60 甲子循環。

換言之，十天干是 10 個月的曆法，十二地支是 12 個月的曆法，兩者本來是獨立的系統，因此兩者均有「子月」，也就不出奇了。

到了後世，應該是為了避免混淆天干和地支中的「子」，地支只好讓位，改寫為「巳」。

78. 大衍之數

《周易 • 繫辭上傳》提出了「大衍之數」的說法：「大衍之數五十，其用四十有九。分而為二以象兩，掛一以象三，揲之以四以象四時，歸奇於扐以象閏，五歲再閏，故再扐而後掛。天一地二，天三地四，天五地六，天七地八，天九地十。天數五，地數五，五位相得而各有合。天數二十有五，地數三十，凡天地之數五十有五。此所以成變化而行鬼神也。」

這是個千古難題，古往今來，從來沒有人可以完滿解釋。我在《百度百科》找到了一些古人的說法：

西漢京房曰：「五十者，謂十日、十二辰、二十八宿也，合五十」。

東漢馬融曰：「太極生兩儀，兩儀生日月，日月生四時，四時生五行，五行生十二月，十二月生二十四氣，合五十」。

東漢鄭玄曰：「天地之數五十有五，以五行通氣，凡五行減五，合五十」。

東漢荀爽曰：「卦各有六爻，六八四十八，加乾坤二

用爻，合五十」。

北宋邵雍曰：「天數二十有五之倍數，合五十」。

南宋朱熹曰：「蓋以河圖中宮天五乘地十而得之」。

清代杭辛齋曰：「勾股自乘合大衍數，既三三見九，四四一十六，五五二十五，巧合五十」。

如果用《河圖》去作解釋，則不難得出：「天數二十有五，地數三十，凡天地之數五十有五。」計算方式是：白子是 1+3+5+7+9=25 黑子則是 2+4+6+8+10=30，兩者加起來就是 25+30=55。

就此，朱熹也是把它和《河圖》扯上了，但他只講出了「天五乘地十」，即只是50，而不是55，所以也是不正確。

當代的金景芳索性說：「『大衍之數五十』應為『大衍之數五十有五』，古書可能脫『有五』二字。」問題在於，就算是這說法，也解不了後面的一句「其用四十九」。

我的看法是，這是把 12 月的陰陽曆和 10 個「月」的太陽曆同時運作。如果以 12 個月的陰陽曆來作座標，也即是「地支」，是每 60 個單位為一周期，這就是「一甲子」。如果以 10 個月的太陽曆來作座標，也即是「天干」，則是以 50 個單位為一周期，這就是「大衍之數」了。

「衍」是「演化」的意思，「大衍」也即是「大規模的演化」。至於「用」，這裏應解作「閏」，即「多了出來」

因此，「大衍之數五十，其用四十有九」指的是，把 10 月太陽曆和 12 月陰陽合曆兩個曆法的結合，便是以 50 單位為一周期，其中有 49 個單位是不重疊，即「多餘」的。

前面講過的瑪雅曆法也有相同的作法。它最流行的兩種曆法，一是前文提到的「Haab'」，另一則叫「Tzolk'in」，一「年」只有 260 天。即一「月」20 天乘以 13「月」。這曆法顯然沒有任何天文因素，只可以用來計算日子流逝。學者估計，這可能是某些數字神秘學有關。

順帶一提，有一個2012年推出的紙板遊戲，叫《Tzolk'in: The Mayan Calendar》，主題是「帶領人民，建造記念碑，以討神的歡心。」(Lead your people, build monuments and make offerings to earn the favour of the gods.)

「Tzolk'in」應該與敬神有關，「Haab'」則是天文曆法，瑪雅人把「Haab'」和「Tzolk'in」結合起來，兩者的最小公倍數就是一個18,980天的「曆法周期」(calendar round)。這原理正是類同於本節的主題「大衍之數」。

79. 羲和發明10月太陽曆

《山海經 • 大荒南經》說：「東南海之外，甘水之間，有羲和之國。有女子曰『羲和』，方日浴於甘淵。羲和者，帝俊之妻，生十日。」

帝俊也即是帝嚳。這個傳說真正的意涵是：羲和作為天文官，發明了一年10個月的歷法。這裏先不去管羲和是不是/為甚麼是帝嚳的妻子。

郭璞注《山海經》：

羲和蓋天地始生，主日月者也。故《歸藏 • 啟筮》曰：「空桑之蒼蒼，八極之既張，乃有乎羲和，是主日月，職出入，以為晦明。」

又曰：「瞻彼上天，一明一晦，有夫羲和之官，以主四時，其後世遂為此國，作日月之象而掌之，沐浴運轉於甘水中，以效其出入暘谷、虞淵也，所謂世不失職耳。」

首先解釋的是「甘水」。《山海經 • 大荒東經》說：「東海之外大壑，少昊之國，少昊儒帝顓頊，棄其琴瑟。有甘山者，生甘淵，甘水出焉。」

《山海經 • 海外東經》的記載更明確：「下有湯谷。湯谷上有扶桑，十日所浴，在黑齒北。」

要知道，太陽是在東方升起，中國的東方是東海、黃海，再遠就是太平洋。因此古人當作成為太陽在那裏浸浴，到了清晨的時間，便升起來了。因此，「暘谷」就是「湯谷」，我們普通人浸浴是「湯」，現時日本的温泉也用這個漢字，太陽浸浴則專門用這個「暘」字。

再說「暘谷」。前文引過的《尚書 • 堯典》說：「乃命羲和，欽若昊天，歷象日月星辰，敬授人時。分命羲仲，宅嵎夷，曰『暘谷』。」望文生義，「隅」是「角落」，「隅夷」是「東夷的角落」，西漢經學家孔安國的注是：「東夷之地稱『嵎夷』。」

三說「虞淵」。《列子 • 湯問》說：「夸父不量力，欲追日影，逐之於隅谷之間。」望文生義，「隅谷」即是「角落的深淵」，東漢的玄學家張湛的注是：「虞淵，日所入。」《淮南子 • 天文訓》說得更清楚：「日至于虞淵，是謂『黃昏』。」

80. 十個太陽的傳説

「十日」是中國有名的傳說，意即在上古時代，天空一共有 10 個太陽。

這 10 個太陽，本來是輪流出現，每次只出一個，《山海經· 海外東經》說：「湯谷上有扶桑，十日所浴，在黑齒北。居水中，有大木，九日居下枝，一日居上枝。」

但是，在帝堯時，10 個太陽卻同時出來，《淮南子 • 本經訓》說：「逮至堯之時，十日並出，焦禾稼，殺草木，而民無所食。猰貐、鑿齒、九嬰、大風、封豨、修蛇皆為民害。」

《莊子 • 齊物》也有相同的說法：「昔者十日並出，萬物皆照，而況德之進乎日這乎！」

根據傳說，結果是堯派羿把其中的 9 個太陽都射了下來，方才解決了「十日並出」的問題。《淮南子 • 本經訓》說：「堯乃使羿誅鑿齒于疇華之野，殺九嬰于凶水之上，繳大風於青丘之澤，上射十日而下殺猰貐，斷修蛇於洞庭，禽封豨于桑林，萬民皆喜，置堯以為天子。於是天下廣狹、險易、遠近，始有道里。」

戰國時代楚國文學家屈原寫的《楚辭》引用了大量的古代傳說：「羿焉彃日？烏焉解羽？……帝降夷羿，革孽夏民。胡射夫河伯，而妻彼雒嬪？」東漢文學家王逸的注則說：「羿仰射十日，中其九日，日中九烏比皆死，隨其羽翼。」

把「十日」視為「十天干」，也即是10個「月」的想法，已有不止一人提過出來，例如饒宗頤在 1993 年出版的《楚地出土文獻三種研究》，即講過舊《楚辭· 招魂》所言「十日並出」之十日，即「自甲至癸之十天干」。

這傳說第一證明了，所謂的「十日並出」，正如前文講過，正是指曆法不準，本來應仍是寒冷的日子，卻已是春夏了，這就誤了農時。這恰好證明了，在帝堯之時，曾經出現過曆法危機，天文錯亂了，因此，他便有需要更換新的、更準確的曆法，以安撫民心。

81. 帝堯時的曆法危機

用現實去解釋傳說，可作出以下的調和：羲和是帝堯時的天官，也是發明和使用 10 月太陽曆的人。由於羲和的計算錯誤，曆法因而失準：曆法尚在冬天，實質上春天和夏天已到，人民因而錯失了耕時。

10月太陽曆以十天干來作為定名。所謂的「十日」，相信是當時的人相信，十天干代表了十個不同的太陽，每月輪流出來一個，甲月出來的就是甲太陽，乙月出來的就是乙太陽，丙月出來的就是丙太陽……

帝堯時所謂的「十日並出」，即是發生了大旱災，導致了「焦禾稼，殺草木，而民無所食。」這固然是天災，但也有可能部份是由於曆法錯誤，令到人民把錯估了天時，因而失了耕耘的時間。

這時，帝堯別無他法，派了羿負責更改曆法，取消10月太陽曆，這就是「射十日」的傳說。

至於《淮南子・本經訓》所說的：「堯乃使羿誅鑿齒于疇華之野，殺九嬰于凶水之上，繳大風於青丘之澤，上射十日而下殺猰貐，斷修蛇於洞庭，禽封豨于桑林，萬民皆喜，置堯以為天子。於是天下廣狹、險易、遠近，始有道里。」我認為，當遇上大飢荒時，政治社會必然不穩，搶奪資源之事必然發生，因此，帝堯有必要派出精鋭部隊，去武力鎮壓，維持秩序。

後來，帝堯羿廢止了10月太陽曆，用了新曆法，校準了時間，農時也準確了。

82. 西王母與不死藥

有關羿，最為人所知的，除了射日之外，還有向西王母求不死藥，以及他和妻子嫦娥的故事。

《淮南子・覽冥訓》說：「羿請不死之藥于西王母，姮娥竊以奔月，悵然有喪，無以續之。」東漢學者高誘的注是：「姮娥，羿妻，羿請不死藥於西王母，未及服食之，姮娥盜食之，得仙，奔入月中為月精也。」

早在西周的金文記錄，已經有「西母」的記載。有關「西王母」的傳說有很多，越到後世，數量更加多不勝數，大家熟悉的「王母娘娘」便是源出於此。

我認為最值得玩味的，是《山海經 • 西山經》說：「玉山，西王母之所居也。西王母其狀如人，豹尾虎齒而善嘯，逢髮，戴勝，是司天之歷及五殘。」

「司天之歷」，就是天文曆法。至於「五殘」，《史記 • 天官書》說：「五殘星，出正東方之野，其星狀類辰星，去地可六丈。」

《晉書 • 天文志中》說：「十二曰『五殘』，一名『五鏈』，出正東，東方之星。」唐朝學者張守節寫的《史記正義》說：「五殘，一名『五鋒』……見則五分毀敗之徵，大臣誅亡之象。」

換言之，「五殘」本是一顆星星，也與星象有關。

換言之，西王母本是天文曆法的專家。

要知道，在古時，西方的埃及、美索不達米亞的文明，以及天文曆法的數學知識，勝於中國。其實中國曆法從來借鑑於西方，不少欽天監是西域人，前面講過的，在明清兩朝被政府重用的湯若望，也是西方人，來自科隆，即是今日的德國科隆市。

沒錯，我認為，羿從西方得回來的，是天文曆法，所謂的「不死藥」，其實是喻比永遠不會變的曆法。

前文已經說過，天文並非整數數學，曆法必須不停的微調，故此古時人們很希望得到一個永久的曆法，縱然不，至少也是一個更能持久不變的曆法。

83. 嫦娥奔月

傳說中，嫦娥是羿的妻子，最有名的記載出自兩漢時代佚名的著作《嫦娥奔月》：

昔者，羿狩獵山中，遇姮娥於月桂樹下。遂以月桂為證，成天作之合。

逮至堯之時，十日並出。焦禾稼，殺草木，而民無所食。猰貐、鑿齒、九嬰、大風、封豨、修蛇皆為民害。堯乃使羿誅鑿齒于疇華之野，殺九嬰于凶水之上，繳大風於青丘之澤，上射十日而下殺猰貐，斷修蛇於洞庭，擒封豨于桑林。萬民皆喜，置堯以為天子。羿請不死之藥於西王母，托與姮娥。逢蒙往而竊之，竊之不成，欲加害姮娥。娥無以為計，吞不死藥以升天。然不忍離羿而去，滯留月宮。廣寒寂寥，悵然有喪，無以繼之，遂催吳剛伐桂，玉兔搗藥，欲配飛升之藥，重回人間焉。

羿聞娥奔月而去，痛不欲生。月母感念其誠，允娥於月圓之日與羿會于月桂之下。民間有聞其竊竊私語者眾焉。

1993 年，在湖北江陵出土的王家台竹簡，是戰國時期的文物，有殘缺的《歸藏易》，其「歸妹」卦說：「昔者恒我竊毋死之……月而支占……」

《歸藏易》是《易經》，是占筮書，「支」的意思是「敲打」，或「枚」，「占」當然是「占卜」了。因此可以推斷，嫦娥偷不死藥而奔月的神話原型，的確同占卜，以及曆法大有關係。

南朝梁朝的劉昭注《後漢書 • 天文志上》有更詳細的記載：「羿請無死之藥于西王母，姮娥竊之以奔月。將往，枚筮於有黃，有黃筮之，曰：『翩翩歸妹，獨將西行，逢天晦芒，毋驚毋恐，後且大吉。』姮娥遂托身於月，是為蟾蜍。」

前文引述過，《山海經 • 大荒南經》說：「羲和者，帝俊之妻，生十日。」《山海經 • 大荒西經》則說：「帝俊妻常羲，生月十有二，此始浴之。」

結合這兩者，即是帝俊，也即是帝嚳，其中有兩個妻子，一個「生」了十日，另一個「生」了十二個。不消說的，「生」出了日和月，是制定曆法的神話化了的說法。正如前文所言，這應該是十月太陽曆和十二個月的陰陽合曆之爭。

簡而言之，羿和嫦娥的「不死藥」，應是來自西王母的「萬年曆」。有趣的是，嫦娥的原名是「姮娥」，只是後來為了避漢文帝劉恆的諱，才改名叫「嫦娥」。「恆我」的字面意思，是「永遠的人」，「姮娥」則是「永遠的女人」，也隱含了「萬年曆」的意思。

至於「嫦娥奔月」傳說的原型，再加上「后羿射日」，其原型則應是放棄了 10 月太陽曆，改用一年 12 個月的陰陽合曆。

84. 火曆

近年有人認為，古代中國曾經用過利用大火星來作座標計算的曆法，換言之，這也是和埃及人的天狼星一樣，是「偕日升 / 偕日落」的天文算法。第一個提出來的是近代史家龐樸，他在 1978 年《社會科學戰線》第 4 期發表了《火曆初探》，在 1984 年 3 月的《中國文化》發表了《火曆續探》，在同年 1984 年第 1 期的《文史哲》發表了《火曆三探》，1989 年 12 月的《中國文化》創刊號則發表了《火曆鉤沉 - 一個遺佚已久的古曆之發現》。

後來當然也有其他學者寫了一些論文，述及這個題目，可是創見之始，是出自龐樸。下文有關火曆的論述，出自本作作者之手筆，但仍然要歸功於龐樸，為免障礙行文，並不另行說明。

85. 大火星

大火星就是天蝎座第一星（Sco α，即 Antares），即是二十八宿的「心宿二」，又稱為「龍星」。它的的半徑是太陽的 883 倍，質量是太陽的 17 倍，距離地球約 470 光年，最大的特點是，它是天空第 15 光亮的星星，也是所有星星當中顏色最紅的一顆，因此被希臘人稱為「Ἀντάρης」，即「火星的對手」，也因此被中國人稱為「大火星」。

至於今日的火星，當古時，則被稱為「熒惑」。它在所有的恆星當中，如論顏色的紅度，只能排名第二。也許正是因為這兩星均是紅色，是鮮血的顏色，因此在古今中外，均被視作戰爭的象徵。

這大火星，在地球的北方，只在格里曆的 5 月 31 日至 11 月 30 日的半年可見，只有半年可見，另外半年則在白天才出現，並非全年可見到。

86. 大火星的記載

相傳是秦漢之間的學者伏勝所寫的《尚書大傳》說：「燧人氏以火紀。」「《左傳 • 昭公十七年》說：「炎帝氏以火紀，故為火師而火名。」《左傳 • 襄公九年》說：「陶唐氏之火正閼伯，居商丘，祀大火，而火紀時焉。」

前文說過，祭祀大火星，未必等於是用大火星來作為曆法計算的座標，但是，「以火紀」則是「用大火星來作記錄」，肯定是大火星曆法了。

戰國時代的雜家著作《尸子》說：「燧人氏察辰心而出火。」前文說過，辰星也即是大火星，那究竟甚麼是「出火」呢？

《周禮 • 夏官 • 司爟》說：「季春出火，民咸從之。季秋內火，民亦如之。時則施火令。凡祭祀，則祭爟。凡國失火，野焚萊，則有刑罰焉。時則施火令。凡祭祀，則祭爟。凡國失火，野焚萊，則有刑罰焉。」

東漢學者鄭玄引另一位學者鄭司農的引《鄹子》說：「春取榆栁之火，夏取棗杏之火，季夏取桑柘之火，秋取柞楢之火，冬取槐檀之火，是取火於木之事也。若秋官司烜氏。以夫遂取明火於日。以鑒取明水於月。」由此可以見得，在當時，對於取火之事，是很嚴格的。這是由於山川樹林均是王室的財產，不容人民隨便取得，也有環保的意識，讓人民在不同的季節，砍取不同的樹木，作為生火，便可以保持生態平衡，不致於令那到某一種樹木絕種。

焚燒草木，闢出土地，土地也會因而肥沃，這是有效的開墾方法。在春季，大火星出現時，便要「出火」，焚地耕種。到了九月，便不能在野外舉火，只能在家裏「內火」了。如果不聽法令，在野外焚火，則是要受到刑罰的。

但南宋學者葉時寫的《禮經會元 • 火禁》則對「內火」另解釋：「季秋內火，非令民內火也。火星昏伏，司乃以禮而內之，猶和叔寅餞納日也。」

所謂的「寅餞納日」，出自《尚書 • 堯典》：「分命和仲，宅西曰『昧谷』，寅餞納日。」按：「寅」是「恭敬」，「寅餞」就是「恭敬地餞別」。「納日」則是「落日」，意即這是一種儀式，向落日餞別，也即是恭送太陽的離去，慶祝收割。

87.《堯典》記載的大火曆

龐樸在《火曆初探》的開首，引用了《左傳 • 昭公十七年》的一段記述：

夏，六月，甲戌，朔，日有食之，祝史請所用幣。昭子曰：「日有食之，天子不舉，伐鼓於社，諸侯用幣於社，伐鼓於朝，禮也。」

平子禦之，曰：「止也，唯正月朔，慝未作，日有食之，於是乎有伐鼓用幣，禮也，其餘則否。」大史曰：「在此月也，日過分而未至，三辰有災，於是乎百官降物，君不舉辟，移時樂奏鼓，祝用幣，史用辭，故《夏書》曰：『辰不集于房，瞽奏鼓，嗇夫馳，庶人走，此月朔之謂也，當夏四月，是謂孟夏。』

平子弗從，昭子退曰：「夫子將有異志，不君君矣。」

龐樸提出的問題是：「正月，為何也是周六月或夏四月？或者說，周六月和夏四月，何以也可稱為正月？」這證明了，這三個不同的國家 / 朝代，是使用了不同的曆法。

他的看法，是大火星昏見之時，即是夏曆的四月和五月之間，人們開始在黃昏見到大火星，便是大火曆的正月。因此，在《左傳 • 昭公十八年》，才有記載説：「夏五月，火始昏見。」

88.《尚書 • 堯典》的記載

有關大火曆的主要根據是來自《尚書 • 堯典》，因此我要把有關的文字全錄下來，以供讀者參考：

乃命羲和，欽若昊天，歷象日月星辰，敬授人時。分命羲仲，宅嵎夷，曰「暘谷」。寅賓出日，平秩東作。日中，星鳥，以殷仲春。厥民析，鳥獸孳尾。

申命羲叔，宅南交。平秩南訛，敬致日永，星火，以正仲夏。厥民因，鳥獸希革。

分命和仲，宅西，曰「昧谷」。寅餞納日，平秩西成。宵中，星虛，以殷仲秋。

厥民夷，鳥獸毛毨。申命和叔，宅朔方，曰「幽都」。平在朔易。日短，星昴，以正仲冬。厥民隩，鳥獸氄毛。

帝曰：「咨！汝羲暨和。朞三百有六旬有六日，以閏月定四時，成歲。允釐百工，庶績咸熙。」

這即是説，帝堯命羲和去掌管天象曆法，除此之外，羲和還有 4 名副官，負責駐紮在東、南、西、北四個方位，去計算春、夏、秋、冬四季，分別是羲仲負責東方和春天，羲叔負責南方和夏天，和仲負責西方和秋天，和叔負責北方和冬天。

《左傳 • 昭公十七年》説：「少皞摯之立也，鳳鳥適至，故鳥紀，為鳥師而鳥名。鳳鳥氏，曆正也，換言之，這是相等於羲和的職位，宋末元初的學者馬端臨在其寫的典章制度通史《文獻通考》的解釋是：「鳳鳥知天時，故以為曆正之官。」

有趣的是，這位負責曆法的鳳鳥氏，也有四個副官，《左傳 • 昭公十七年》的說法是：「元鳥氏司分也，伯趙氏司至也，青鳥氏司啟也，也丹鳥氏司閉也。」《文獻通考》對此的注解是：「元鳥，燕也。以春分來，秋分去……伯趙，伯勞也。以夏至鳴，冬至止……青鳥，鶬鴳也。以立春鳴，立秋止。鴳音晏……丹鳥，鷩雉也。以立秋來，立冬去，入大水為蜃。以上四鳥，皆曆正以屬。」

換言之，帝堯的用一個曆正，分管4個副官，各人分管東南西北、春夏秋冬，是從上任帝摯少昊氏傳下來的制度。

89. 8月大火曆的內容

《尚書 • 堯典》有關8月大火曆的假設，是一年有360天，分為8個月，再分為4季，每季2個月，一年最有365日至366日，或者加上閏月來作為調節。根據當代易學家田合祿在《周易真源》的計算：

大火星在黃昏見於東方地平線時，是火曆正月，為春分時的天象，以春分為年首。

大火星在黃昏見於東方半空時，是火曆二月，為立夏時的天象。

大火星在黃昏見於南中天時，為火曆三月，為夏至時的天象。

大火星在黃昏見於西方半空時，為火曆四月，為立秋時的天象。

大火星在黃昏見於西方地平線時，為火曆五月，為秋分時的天象。

大火星在清晨見於東方半空時，為火曆六月，為立冬時的天象。

大火星在清晨見於南中天時，為火曆七月，為冬至時的天象。

大火星在清晨見於西方半空時，為火曆八月，為立春時的天象。

總括而言，格里曆的 5 月 31 日至 11 月 30 的半年可以在晚上見到，所以，當它在黃昏出現時，便是一年的開始。夏天是它在晚上看得最清楚的時候，當它的出現時間漸漸移到了晨早，便是秋去冬來，人們開始過冬的時間了。

從這裏，大家可以看到，如果用大火星來測量一年的時間，作為四季勞作的時間表，的確有其清楚明白，優勝的地方。

縱然我傾向於帝堯改了曆法，也並不代表在他之前，中國並沒有使用過大火曆。前文講過，伏羲氏發明了八卦，後文也會講，《洛書》就是大火曆的一個體現方式，因此，帝堯應是從別的地方，把更先進的曆法搬了過來使用。事實上，歷史上不時有曆法的改良或移植，例如明朝的崇禎皇帝和清朝的康熙皇帝，均採用了天主教神父湯若望的西方天文計算方式，來改良當時的曆法。

這好比儒略曆和格里曆都是陰陽合曆，但在 1582 年教皇格里高利十三世改得了後者，也算是改了曆法。法國大革命時，在 1792 年也改了曆法，但也照樣是陰陽合曆，其中的一個變更，是 12 個月的名字，分別為葡月、霧月、霜月、雪月、雨月、風月、芽月、花月、牧月、獲月、熱月、果月。

同樣道理，《堯典》所載的 8 個月的名稱：日中、星鳥、日永、星火、宵中、星虛、日短、星昂，很可能是帝堯時代創作的「月份」名稱。

90. 帝堯時的曆法危機

《尚書 • 堯典》講了三件事，一是他採用了大火曆，二是派了共工去治水，三是傳位給帝舜。換言之，採用了大火曆是帝堯的重大政績。再推論下去，在帝堯之前，必然不是使用大火曆，這才值得特別提及，反之，如果一直是在使用，那這就並非其政績，不用提了。

改曆法的原因有很多，前面講過，可能只是為了改朝換代，以作昭示。這固然重要，但也不值得在一字千金的《尚書 • 堯典》中佔了 172 字，而其全文也只約四百五十字而已。數來數去，原因一定是：在這之前，用的不是大火曆，帝堯改用了這曆法。

這又衍生另一問題：為甚麼要改曆法呢？這也只有一個原因，就是原來的曆法不準了，甚至影響到人民的生活，也即是農耕，因此才有更換的必要。也因更換了曆法，原來已不準確的農時又變回準確了，這才是值得大事歌頌的政績。

問題在於：在上一部分，說了帝堯放棄了 10 月太陽曆，採用了「嫦娥」的 12 月陰陽合曆，現在又說他改用了 8 月大火曆，這豈不是自相矛盾了嗎？

這也許的確是自相矛盾。不過，大家也要記得，幾種曆法同時使用，並非奇事，反而是常態。正如面也講過，直至周朝初期，雖然周曆和殷曆皆是陰陽合曆，但 10 月太陽曆依然是流行的曆法之一。後文會講到，八卦是大火曆 / 《尚書》的另一表達方式，意即在周朝，大火曆和陰陽合曆在某程度上依然是平行的曆法。

最關鍵的是：曆法之準與不準，在於計算的數學，只要數學準確，不管是8個月、10個月、12個月，甚至是瑪雅、伊斯蘭的曆法，也是完全準確。但如若數學不準確，則無論是哪種曆法，也決不會準確。

要知道，地球的自轉與公轉，以及月球的公轉，其比例皆非整數，而以當時的天文知識和計算能力，根本不可能計製作出萬年曆。因此，所有的曆法均需在用上了某一段時間後，作出調整，而其根據就是對天文的實地觀察。因此，只要帝堯派出了羲和、羲叔、和仲、和叔這四人去觀察天象，並予以計算、記錄，則已解決了問題，用甚麼曆法，根本無傷大雅。

91.《洛書》作為大火曆

現在終於說到本書的主題之一：《洛書》了。

我認為，《洛書》代表的就是大火曆，即是以9天為一個單位，再數5次，9 X 5=45，剛好就是大火曆的45天周期，也即是一個「月」。

一共有9排點子，5點放在中間，八排點子圍著中間的5點，意即一年有8個「月」，加起來就是360天。缺了的5天，加上在中間的5點，那就剛好湊上一整年的的365天。

用9天來作為一個單位，相比用10來作單位，有優勝處，也有不足處。在數學上，10是整數，比較容易計算，可是10也是進位數，一旦超過了10，便從個位數變成了雙位數，也衍生了另一些數學上的表達困難。

前文也說過，《洛書》的載體是龜甲，意即用今天的比喻，它是一份月曆……嗯，這不是「月」，正確應該是一年分為8個「時」，用8張龜甲作為一年，也很輕便。「遺憾」的是，今時今日大家都在手機看時間日子，2000年以後出生的人，也許從來沒見過月曆。

92. 大禹與《洛書》

《後漢書 • 五行志》說：

禹治洪水，賜《雒書》，法而陳之，《洪範》是也。聖人行其道而寶其真。

降及于殷，箕子在父師位而典之。周既克殷，以箕子歸，武王親虛己而問焉。故經曰：「惟十有三祀。」

王訪于箕子，王乃言曰：「烏呼，箕子！惟天陰騭下民，相協厥居，我不知其彝倫逌敘。」箕子乃言曰：「我聞在昔，鯀讯洪水，汩陳其五行，帝乃震怒，弗畀洪範九疇，彝倫逌斁。鯀則殛死，禹乃嗣興，天乃錫禹洪範九疇，彝倫逌敘。」

此武王問《雒書》於箕子，箕子對禹得《雒書》之意也。

西漢學者孔安國注的《尚書正義》說：「天與禹洛出書。神龜負文而出，列於背，有數至于九。禹因而第之，以成九類常道。」

北宋編的大型部書《冊府元龜 • 帝王部》說：「夏禹即天子位，雒出龜書，六十五字，是為《洪範》，此所谓雒出書者也。」

換言之，這些學者認為，大禹所接收的《洛書》，就是《尚書 • 洪範》。《尚書 • 洪範》的開頭是：「武王勝殷，殺受，立武庚，以箕子歸，作《洪範》。十有三祀，王訪於箕子。王乃言曰：『嗚呼！箕子。惟天陰騭下民，相協厥居，我不知其彝倫攸敘。』箕子乃言曰：『我聞在昔，鯀堙洪水，汩陳其五行；帝乃震怒，不畀洪範九疇，彝倫攸斁。鯀則殛死，禹乃嗣興，天乃錫禹《洪範九疇》，彝倫攸敘。』」

換言之，周朝征服了商朝，周武王去拜訪亡國之臣箕子，箕子向武王講述了商朝治國之道，據說，這治國之道是上天賜給夏朝開國君主大禹，就是《洪範》了。「洪」即是「大」，「範」等同「法」，即是「大法」，好比今日的憲法，由於這分為九個範疇，因而也稱為「九疇」。

後人正是認為，大禹所接受的《洛書》，就是《洪範九疇》。這其中的原因，很可能是因為《洛書》是由 1 至 9 這 9 個數字組成，這符合了「九疇」的數字。再說，《洪範》的字數也遠遠不止 65 字。

大禹是帝舜的臣子，被派去治水，治水的範圍包括了整個黃河流域。為甚麼他得到了《洛書》，可以有助於治水呢？要知道，河水的漲退有所謂的汛期和旱期，天時的影響至大，因此，有著更精密的曆法，可以更有效的治水。

前面也說過，「9」是《洛書》的中心數字，這裏不贅。有人認為，這裏指的「洪範」，不是字面上的「偉大的宇宙原理」，而是《尚書 • 洪範》這份文件。由於太過瑣碎及離題，這裏不作分解。

93. 商朝的大火星與洛書

《左傳 • 昭公元年》說：「昔高辛氏有二子，伯曰『閼伯』，季曰『實沈』，居於曠林，不相能也。日尋干戈，以相討伐。后帝不臧，遷閼伯于商丘，主辰，商人是因，故辰為商星。遷實沈於大夏，主參，唐人是因，以服事夏、商。」

在上古時代，辰星就是大火星，這段文字即是說，商人是大火星的崇拜者。當商湯創立了商朝後，依然有著大火星的崇拜，例如說，《尚書 • 盤庚》有：「唯予含德，不惕予一人，予若觀火」的說法，這「觀火」究竟是「像在火光照耀下看得很清楚」，還是「像看大火星般天天觀察著」，人言人殊。

正如前文所言，最晚在殷朝時期，即商朝晚期，已經採用了12月加閏月的陰陽合曆，但是不排除民間仍然繼續使用舊有的大火曆。根據龐樸引1916年出版的《殷墟書契後編・下・九・一》，有這樣的一句：「貞唯火五月」。這個「火」字，應該作「大火曆」解，皆因沒有超過一種以上的曆法，便用不著在「五月」之前再加說明。

據龐樸所引，這塊骨片據信是來自商湯的十一世祖「相土」，在這時，商朝還未成立，但在殷墟發掘出來的甲骨，則是商朝晚期的出土，我並不知道有何根據這是相土時期的甲骨，因此姑存一疑。但無論如何，這至少也是商朝晚期的卜辭，因此是可信的。

龐樸在《火曆鉤沉》說：「另一片常被用來說明商代已有新星記錄的卜骨刻道：『七日己巳夕，有新大星并火，祟，其有來艱，不吉。』」

這在天文學，是超新星爆發，其亮度令到大火星也看不到，因而「不吉」。

最後一提，中國成語有「洞若觀火」，這是出自《尚書・盤庚》的：「惟汝含德，不惕予一人，予若觀火。」這其中的「觀火」，很可能觀的是大火星，而不是熊熊烈火。

查商朝的開國帝王湯應已得到了《洛書》。《宋書・符端志》說：「湯東至洛，觀堯壇，有黑龜，並赤文成字。」在「堯壇」的「黑龜」，而且「赤文成字」，大概率就是《洛書》。

94. 商朝缺失癸天干之謎

在甲骨文的記載，商朝的人只用九天干作名字，沒用上「癸」這天干，也沒有用十二地支，有人認為，不用癸是因為商人認為不吉利，因為夏朝的末代君王叫「履癸」，所以商朝君主不用這名字。不過，商朝開國君主湯的父親就叫「示癸」。也許是，示癸取這個名字的時候，夏朝的履癸還未滅亡，所以沒有不吉利吧？也有人認為，這只是巧合，只是我們沒掘出有這名字的商代宗室而已。

至於十二地支，也有人認為，這也是不吉利，皆因成湯的七世祖先王亥，是橫死被人殺掉，所以不吉利。更有說服力的說法，是說商朝是拜太陽神，十天干代表了十個太陽的傳說，所以便不用地支了。

這些天干名字的來源，一共有四種說法：第一說是根據其生日是哪一天干所決定，第二說是根據其死日是哪一天干而決定。第三說是商朝王室有很多宗族，它實行內婚制，因此名字也反映了其屬於哪一個宗族。第四說則指這僅指是他們的排名。

然而，這四種雖然可解釋到，為何商朝帝王使用天干作為名字，但不通點卻仍然是：為何沒有癸日出生的帝王？

內婚制之說，可以解釋到為何沒有「癸」，因為它可能滅族也絕了種，或者根本從來只有九族。但是帝乙的兒子叫「辛」，所以縱是真的內婚制，也是跟母親的族名，而不是跟父親。再說，前述的婦姘和婦好都不是商族中人……所以我們縱仍然不可以排除商朝是幾個大家族輪流執政的說法，但至少其帝王的名字並非來自內婚制。

我有一個大膽的猜測：如果商朝使用的是八卦曆法，1年8個月45天，則排列方法正是「9天X 5」為一個「月」，每周期只有9天。正因只用了9天干，沒有第十個癸了，正好解決了商朝天干欠缺了「癸」的謎團。

我並不認為，商朝廣大人民所使用的曆法，是八卦曆。事實上，商朝用的是一年 12 個月的陰陽合曆，這是用考古發掘已經證明了的。

可是，術數所用的，往往是舊曆飛星所用的舊星象，也一直沿用，今日所有的玄學家仍然使用舊時的農曆，去作玄學計算。貴族們用來占卜的曆法，帝王們死亡後所採用的謚法，為了尊嚴，使用舊曆，君主死亡採用舊的曆法來計算謚號，反而更顯得莊嚴尊重。這就像我們採用文言文來寫作，比白話文更顯得莊嚴尊重，今天的中國人寫牌匾，不用簡化字而用繁體字，西方人在大場合也會用羅馬數目子，不用阿拉伯數字。

95. 周朝的大火星記載

周人接收了商人的政權，也接收了其對大火星的崇拜《逸周書 • 作雒》說：「凡工賈胥市，臣僕州里，俾無交爲，乃設丘兆於南郊，以祀上帝 ，配以后稷，日月星辰先王皆與食。」另一個版本則是「農星先王皆與食。」農星也即是「龍星」，即大火星。

《左傳 • 桓公五年》說：「凡祀，啟蟄而交，龍見而雩。」西晉學者杜預的注是：「龍見，見巳之月。蒼龍宿之體，昏見東方，萬物始盛。」「雩」就是求雨的祭典。

西漢學者許慎的《説文解字》説：「雩，夏祭樂於赤帝，以祈甘雨也。」戰國時代成書的《周禮 • 司巫》則說：「若國大旱，則帥巫而舞雩。」

東漢時的經學家何休則注得最清楚：「使童男女各八人舞而呼雨，故謂之『雩』。」東漢學者王充在《論衡》則説明了求雨的時間：「二月之時，龍星始出現，出雩，祈穀雨。」

《公羊傳•昭公十七年》說：「大火為大辰，伐為大辰，極亦為大辰。」甚麼是「大辰」呢？《左傳•昭公十七年》說：「日月之會是謂辰。」這即是說，這個「辰」字和今人的日常用法是同一意思，即清晨。東漢經學家何休的解詁也：「大火謂心星，伐為參星，大火與伐，所以示民時之早晚。」

這個「時」字，指的不是一天的時間。現在究竟是幾點鐘，抬頭看太陽就可知道，哪用看星？前文說過，「四時」指的是四季，人們不可能不知道當時究竟是在春、夏、秋、冬的那一季，但這究竟是在季初、季中、還是季末呢？這就得參考大火星的位置了。

所謂的「大辰」，即是在清晨看到的大星。為甚麼要在清晨觀星？因為古人在晚上分不清時間，星星的位置非但在移動，而且不同的時間只能看到不同的星，只有把握日月交會的清晨，方能確定時間，而在這時出現的星星，也就成為了確定天時的指標。

同樣原理，人們也在黃昏時觀星，皆因這也算是「日月交會」之時。人們因而發明了「晨」字，專門代表清早的「日月交會」的時刻。

由於大部分的星星不能全年看到，例如在西方，只有在七月至九月中，方可見到天狼生，因此人們挑出幾顆「大辰」，即是「大顆的辰星」，在不同的日子作為參考。

又：「辰星」作為專有名詞，則指水星。由於它是最接近太陽的行星，因此常伴著日出而出現。

又又：由於「辰」是用來觀察時日變化，所以它又解作「季節」。《尚書·皋陶謨》說：「撫於五辰，庶績其凝。」

《說文解字》說：「辰者，農之時也。」《禮記 • 禮運》說：「播五行於四時，故五時謂之五辰。」

在格里曆的 11 月 30 日之後，只有在白天，才可以見到大火星。在 11 月 30 日前後，看到大火星的是清晨，《國語 • 周語中》說：「火見而清風戒寒。」三國時吳國學者韋昭注：「謂霜降之後，清風先至，所以戒人為寒備也。」二十四節氣的「霜降」，就是格里曆的 10 月 23 日前後，這時冬天快要來臨，因此人民也要準備禦寒措施了。

除此之外，《左傳 • 莊公二十九年》說：「凡土功，火見而致用。」這即是說，當大火星在清晨看到，即是農閒了，人民便要開始土木工程，即是建築、裝修等等的工作，《國語 • 周語》說：「火之初見，期于司里。」

「司里」就是工務部長，《國語 • 周語中》引《周禮 • 秩官》說：「敵國賓至，關尹以告，行理以節逆之，候人為導，卿出郊勞；門尹除門，宗祝執祀，司里授館，司徒具徒，司空視塗，司寇詰姦，虞人入材，甸人積薪，火師監燎，水師監濯，膳宰致饔，廩人獻餼，司馬陳芻，工人展車，百官以物至，賓入如歸。」

因此，司里的工作就是「授館」，即是負責建築工程，當人民見到大火星在清晨出現，便要向司里報到了。至於其工作，則在《詩經 • 豳風 • 七月》有云：「十月納禾稼。黍稷重穋，禾麻菽麥。嗟我農夫，我稼既同，上入執宮功。」也即是進入王室的宮殿去工作了。

第七部分

96. 伏羲與八卦

前文說過，八卦是伏羲氏所創造出來，那甚麼是八卦呢？

我的看法是，八卦就是把一年分成為八個月的曆法，每個月有45日，另加5天或6天閏日。因此，當陽極會變陰，陰極會變陽，太極因而生出兩儀，也即是上半年和下半年，兩儀生出了四象，也即是春、夏、秋、冬四季，換言之，這就是大火曆，也即是《洛書》所載的曆法。

事實上，八卦往往和《洛書》畫在一起，這兩者的關係是早被廣泛承認了的。

因此，我們也可以看到，八卦的形狀是團團而排，周而復始，永不停止，這也正好顯示出一年之後，又是另外一年，周而復始，永不停止。

前文說過，古代計算時間的日晷，稱為「圭」，又叫「圭表」。順帶一提，圭也代表了一種長型玉器，皆因這玉器和圭表的形狀十分相似。至於「卦」這個字，是由「圭」和「卜」兩字合成，意即「量度或計算圭表」，因此正是計算時間，也即是「曆書」。

注意，在這裏，我並沒加上「我的看法」或「我的猜想」，意即這是已被公認的說法。

97. 先天八卦和後天八卦

先天八卦和後天八卦的說法，是由宋朝的邵康節所說出來的。八卦圖象一共有兩種，他名之為「先天八卦」和「後天八卦」，又分別名為「伏羲八卦」和「文王八卦」。

從術數的計算來看，這兩種八卦有不同的用途，例如說，先天八卦取數，即巽卦是5，離卦是3，坤卦是8，兑卦是 2，乾卦是 1，坎卦是 6，艮卦是 7。後天八卦則算方向，巽卦是東南，離卦是正南，坤卦是西南，兑卦是正西，乾卦是西北，坎卦是正北，艮卦是東北。

除了先天八卦和後天八卦之外，還有中天八卦，但今日已經失傳了。

98. 先天八卦

據説，伏羲氏所創作出來的八卦，叫「先天八卦」，卦序是一乾、二兑、三離、四震、五巽、六坎、七艮、八坤，但如果看圖象，乾和坤兩卦相對，在乾的左方依次是兑、離、震三卦，右方依次是巽、艮、坎、坤三卦，這正好是順序指出了一年八個月的走向，就只是把代表陽的乾和代表陰的坤遙遙相對。

我的看法是，在圖象看，它是順列出 1 年的 8 個月份，用對稱方式，來作排列，如果換作今人的四季概念，則是「春」和「秋」相對，「夏」和「冬」相對，所以坤和乾相連，兑和離相連，震跳了去巽，艮和坎相連。換言之，圖象和次序是順列和對稱列法的兩種不同排法。

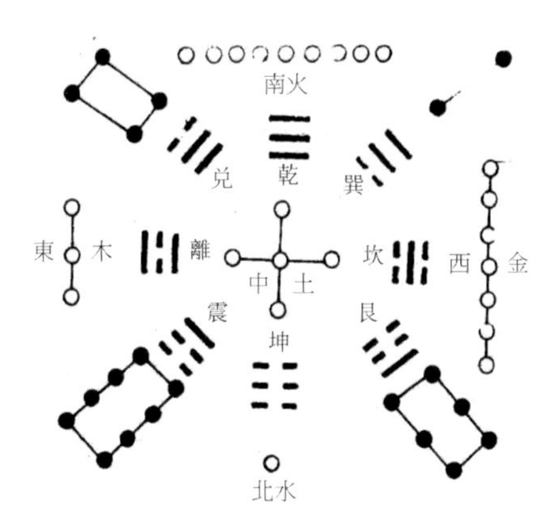

99. 後天八卦

至於後天八卦，則傳說是由周文王所推演出來，但也有人指出，司馬遷在《報任安書》中，只說了：「蓋文王拘而演《周易》；仲尼厄而作《春秋》；屈原放逐，乃賦《離騷》；左丘失明，厥有《國語》；孫子臏腳，兵法修列；不韋遷蜀，世傳《呂覽》；韓非囚秦，《說難》、《孤憤》。《詩》三百篇，大抵賢聖發憤之所為作也。」他可並沒有說過文王推演過八卦。不過，《周易》依據的是後天八卦，卻也是事實。

有人認為，這是一套密碼。當時周文王被紂王囚禁在位於「羑里」的監獄，即位於今天河南省安陽市湯陰縣城北 4 公里。周部族的大本營則在豐、鎬，即是今日的陝西省西安市。兩地的直線距離是 528 公里，周文王要想和身在大本營的族人及兒子姬發，也即是周武王溝通，需要一套密碼。就此，雙方只要一人手拿一本《易經》，另一人口傳出其中一卦的，對方即可從而猜中箇中狀況了。

這說法我半信半疑，姑妄記之。

後天八卦的卦序是：一震、二巽、三離、四坤、 五兌、六乾、七坎、八艮，把震卦列為八卦之首，據說，這是出自《周易 • 說卦》：「帝出乎震，齊乎巽，相見乎離，致役乎坤，說言乎兑，戰乎乾，勞乎坎，成言乎艮。」

八卦在玄學的角度，無所不包，自然也包括了曆法，以後天八卦為例，震是春分，巽是立夏，離是夏至，坤是立秋，兑是秋分，乾是立冬，坎是冬至，艮是立春，如果說方位，則震是正東，順時針方向走，巽是東南，離是正南，坤是西南，兑是正西，乾是西北，坎是正北，艮是東北。

有意思的是，前文說：「彝曆紀年採用東、東南、南、西南、西、西北、北、東北八方紀年。」這把「八方紀年」

的八個方位也可套進了八卦，不知這兩者是否真有關係。

從殷墟發掘出來的甲骨文來看，則早在商朝晚期，已經有使用文王八卦的次序了，甚至有人研究過水書的《連山易》，也是使用後天八卦，如果水書是真，則後天八卦可以推算到更早。有人甚至説，可推早至夏朝的時代，但正如我在前文所言，縱然水書《連山易》是真，也必然經過了後人的大量改寫增訂，因此這也不會是夏朝所用的《連山易》。

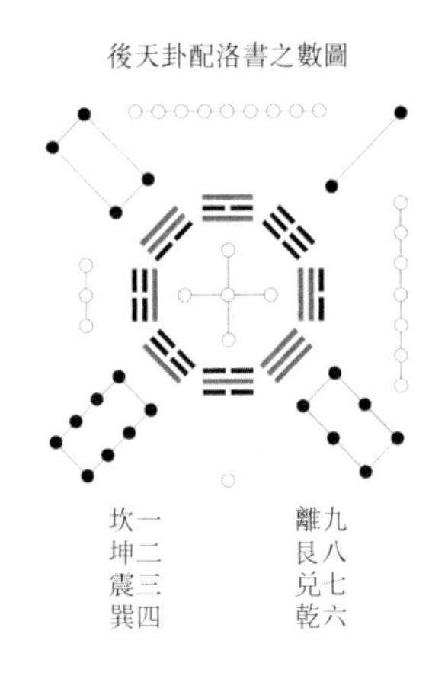

100. 十二闢卦

「十二闢卦」，也即是不止八卦，而是一共有十二卦的《易經》理論。這理論又稱為「十二消息卦」，在玄學界源遠流長。根據晉朝學者干寶對《易經》的注釋，在《周易》時代，已有此理論。

1993 年，湖北省江陵縣王家台發掘出來的秦墓出土了 394 枚竹簡，這其中包括了《十二辟卦》，證實了這理論在秦朝時已存在了。

這十二卦分別是：

複卦：一陽息陰，建子，即十一月，冬至。

臨卦：二陽息陰，建丑，即十二月，大寒。

泰卦：三陽息陰，建寅：即一月，雨水。

大壯卦：四陽息陰，建卯，即二月，春分。

夬卦：五陽息陰，建辰，即三月，穀雨。

乾卦：六陽息陰，建巳，即四月，小滿。

姤卦：一陰消陽，建午，即五月，夏至。

遯卦，又稱「遁卦」：二陰消陽，建未，即六月，大暑。

否卦：三陰消陽，建申，即七月，處暑。

觀卦：四陰消陽，建酉，即八月，秋分。

剝卦：五陰消陽，建戌，即九月，霜降。

坤卦：六陰消陽，建亥，即十月，小雪。

這裏並不解說「十二闢卦」的玄學意義，只是企圖以此來說明：既然有用十二卦來對應一年的 12 個月，用八卦對於一年的 8 個「月」，也就是順理成章了。

101. 今人的九宮八卦

至於後世的玄學家所使用的九宮八卦圖，其卦序則是：一坎，二坤，三震，四巽，五是中宮，六乾，七兑，八艮，九離，最重要的是加進了一個中宮，放在中間。人們會把這副後天八卦套進《洛書》的九宮圖，與其幻方數學互相對照。如果看圖象，正南方是離，但是八卦的正南方，並非今人的畫在下方，而是在八卦的上方。按照逆時針排列，則依次是巽、震、艮、坎、乾、兑、坤。

102. 三正和八卦

前文略述了中國曆法學上的「三正」，意即司馬遷在《史記》說的：「夏正以正月，殷正以十二月，周正以十一月。」用地支的說法，夏朝是「建寅」，商朝是「建丑」，周朝則是「建子」。

「三正」的做法，固然有著陰陽五行、五德終始的玄學意義，另一方面，改朝換代之時，同時也要改曆法，以宣示天下，朝代已經改變了，這也是古今中外的共同做法。至於在中國，除了改曆法之外，還要封禪，這扯太遠，不提。

前文也講了，伏羲氏的先天八卦是以乾卦為首，周文王的後天八卦則以震卦為首，這即是說，假設先天八卦的乾卦是第 1 卦，後天八卦的震卦是第 3 卦，對比周朝的正月是 11 月，夏朝的正月則是 1 月，兩者也剛好相差了兩個月。這究竟是不是也代表了，由於周朝改了歲首，因此才出現了先天八卦和後天八卦的分別呢？

這當然只是猜想，反證是周朝以十一月為歲首，即今西曆的 12 月至 1 月左右，而震卦則代表春分，即西曆 3 月 20 日至 21 日之間，這兩者自相矛盾。不過，八卦曆法是 8 個月的古老曆法，到了周朝時，除了占卜之外，已不再使用來作為曆法計算，究竟它和周朝的曆法如何換算，今日也很難知曉了。

我另外有一想法：這是周文王發明的另一套曆法，以別於商朝的八卦曆法，以示對商朝的反抗。如果商朝用的八卦曆法是伏羲氏的「先天八卦」，建元於乾卦，周部族作為新生力量，其新曆法就得「改元」，改為以震卦居首。

103. 從曆法變為占卜

我的看法是，到了商末周初，因為已經不再用大火星的 8 個月 45 天曆法，因此，人們已經放棄了八卦作為曆法，但仍然採用它來作為玄學的計算，這好比玄學中的飛星，很多人認為是古時的星象學所演化而成，但是古時的星象和今日的並不相同，因此以前的星空實象，後世則變成了純數學運算、真實卻無法觀察的虛星，也即是「飛星」，但這仍然不妨礙星相學家其作出玄學上的運算。估計文王八卦可能也是相類似的演化。

因此，到了這時，八卦已經變成了占卜術數，同曆法再無關係了。

104.《洛書》與八卦

人們常常把《洛書》和八卦放在一起，作為一體去分析，卻不會把《河圖》和八卦扯上關係，這豈不正好旁證出我的看法：《洛書》是以 9 天為一單位的八卦曆法，而《河圖》則是不同的系統，也即是 190 月太陽曆，和八卦並不相容。

有一個問題：西漢時的經學家孔安國注《尚書 • 洪範》說：「伏羲王天下，龍馬出河，遂則其文以畫八卦，謂之《河圖》，及典謨皆歷代傳寶之。」《漢書 • 五行志》也說：「劉歆以為伏羲氏繼天而王，受《河圖》，則而圖之，八卦是也。」

以上明明說，《河圖》是 10 月太陽曆，《洛書》則是 8 月大火曆，為甚麼會有《河圖》「八卦是也」的說法呢？

我的解釋是：到了西漢時代，人們已經丟失了以上兩種古老曆法的知識。正如前言，八卦本來就是最古老的曆法，《河圖》的十月太陽曆反而是後出，因此，「《河圖》，八卦也」的本來意思，相信是「《河圖》者，曆法也」的意思。

105. 如何使用《洛書》？

含山縣淩家灘位於安徽省，五千多年前是有巢氏的盤踞地。1985 年發現了遺址，1987 年開始發掘的淩家灘遺址中，被斷定是距離今日五千年左右的古跡，比大禹時期還要早得多，差不多可以上溯到神農氏和伏羲氏的年代了。

在這個遺址中，發掘出大量玉器，有玉石雕成的龜，龜背鑽有六個孔，在龜甲和龜腹之間，有一塊玉版，也鑽了多個洞孔。這些孔估計是用來把它固定在某位置。有人認為，這是雛形的《洛書》圖案，龜甲內藏玉版，這顯然和《洛書》和神龜的傳説極度接近。

假設《洛書》由玉石製成：用燒過了的炭枝，用 X 和 O 兩種符號來劃寫，一天一 X，滿 45 筆，即一個「月」，把 X 拭擦，填上一 O。這樣子，就可簡單的用一塊玉石版，作為一位供文盲使用的日曆，而且還可重覆使用。

106.《易經》和八卦曆法

《易經》是由八卦推演出來，如果八卦是曆法，毫無疑問，《易經》的本源是一本曆書。

從後世的《通勝》去看，曆書同時包含吉凶宜忌，一點也不奇怪。光緒年間，蔡最白是個秀才，對數學和天文學甚感興趣，進入了欽天監工作，從此研究曆法。後來他離開了政府，自行創業，既搞天文曆法，也用術數來為客戶算命，亦出版《通勝》，自然也是把曆法和是日吉凶宜忌寫在一起。

蔡最白的《蔡真步堂潤例》，也即是收費價目表，其序是由南海籍的翰林桂坫所寫：「順德蔡最白茂才，專算天文算學，兼精日者之術。」

甚麼是「日者」呢？有人認為是觀察天象的人，有人認為是占卜的人，都不全中。《史記》有「龜策列傳」，同時又有「日者列傳」，西漢學者褚少孫輯錄《史記》的佚篇，在「日者列傳」之後補記：「日者之名，有自來矣。古凶占候，著於《墨子》。齊楚異法，書亡罕紀。後人斯繼，季主獨美。取免暴秦，此焉中否。」

唐朝學者司馬貞在《史記索隱》說：「名卜筮曰『日者』以墨，所以卜筮占時候日，通名『日者』故也。」這是把「日」作「墨」字解。然而，這其中的邏輯關係，褚少孫寫《墨子》有日者的記載，並不代表「日」字是來自「墨」，司馬貞想當然而想錯了。

實則日者專精於擇日，龜策則善於占卜吉凶，好比導演和編劇，雖是同是電影工作者，但卻是不同的專業。正因有「日者」，因而才有「日館」，蔡最白的「真步堂」正是日館，專門擇日，為文廟學宮擇日，收費30銀元，三進(即是前後共三間房子)祠堂收15元，普通房子收3元，新船下水(當然是小船)收1元。除此之外，他也兼營風水堪輿。

他的孫子蔡伯勵，出生於1922年，作者執筆撰此文時，已經九十多歲了，真步堂的《通勝》，仍然是由他和六名兒子其中的五名，合力編寫。

前文已言過，我估計《易經》的本源，就是中央政府向附庸/藩屬國，以及民間所頒布的曆書，而這部曆書之內，也附載了由太卜占出的吉凶宜忌。到了後來，八卦曆法已經不用了，《易經》也已失去了曆書的作用，但其作為占卜工具，仍然在民間流傳著。

107.《連山易》和《歸藏易》的起卦

前文說過，《連山易》是在烈山氏時至夏朝之所流行使用，起卦是艮，《歸藏易》是在商朝流行，起卦是坤，《周易》的起卦則是乾，如果用前述的「三正」之說去解釋，先後不同版本的《易》的起卦不同，很可能也是因為改朝換代時也改變了正月之所致。

至於「三正」之說，由於歲首的可能性只有在 11 月、12 月、1 月，因此，只要有三種不同的《易》，便可以涵括了所有的占卜需要。這也可以解釋到為何八卦一共有先天八卦、後天八卦、中天八卦三種。

按：「中天八卦」只有名字，現時不存其位圖及順序，人們只能憑空推測。

然而，以上的，也只是我的推測而已。不消說，就我本人看來，這推測是大有可能性的。

108. 六卦論

在本書，我不去討論《周易》的傳。這是後世添加上去的，主要是以《周易》作為一本卜筮經典的解說。然而，本書的主題，卻是古代的曆法，本書之所以討論《周易》，只因它是古代曆書，因此，它作為占卜的玄學部份，這裏不作談論。

《周易》的卦象分為初九、九二、九三、九四、九五、上九，以及初六、六二、六三、六四、六五、上九，這即是說，每道卦均有 6 條卦象，符合了六爻的占法。這其中乾卦多出了一條，叫作「用九」，坤卦多出了一條，叫作「用六」，因此，乾卦和坤卦各各多出了一條卦象，一共有 7 條。

根據易學專家說，「九」和「六」是相通的，只是「九」代表了陽，六代表了陰。

對照本書的主題：八卦就是一年只有 8 個月的曆法，很多人都指出過，「用」就是「閏」。這可能代表了，只有「乾月」和「坤月」，才會有「閏月」，其他的月分不會有「閏」。

近年有人提出「六卦論」：八卦最初只有 6 卦，其餘 2

卦是後加上去。

這説法頗有見地，但我找不到可靠的出處，所以暫無原文可引用。如果這説法是真，那麼，《易經》就是由一個一年 8 個月的系統，再加上一個 6 卦的系統融合而成。

如果「六卦論」屬實，這雖然解答了「一卦分為六部分」的問題，但這又衍生出另一更大的問題：「六卦」究竟是甚麼？是不是一年 6 等分的曆法？

然而，一年 6 等分的曆法是有點不通的：8 等分是因 8÷2=4、4÷2=2、2÷2=1，即太極生兩儀、兩儀生四象、四象生八卦，10 等分是因一人有 10 根手指，12 等分則因一年約有 12 個月，20 等分則是一人有 10 根手指 +10 根足趾，但 6 等分卻並無任何合理解釋。

109.《周易》中的龍

《周易》的第一卦是「乾卦」，它的「爻辭」是：「乾，元亨利貞。初九，潛龍勿用。九二，見龍在田，利見大人。九三，君子終日乾乾，夕惕若，厲， 咎。九四，或躍在淵， 咎。九五，飛龍在天，利見大人。上九，亢龍有悔。用九，見群龍 首，吉。」

這一卦有很多「龍」的描述：潛龍勿用，見龍在田，飛龍在天，亢龍有悔，群龍無首等。

第二卦「坤卦」的「爻辭」則是：「初六，履霜，堅冰至。六二，直方大，不習， 不利。六三，含章可貞，或從王事， 成有終。六四，括囊， 咎 譽。六五，黃裳，元吉。上六，龍戰于野，其血玄黃。用六，利永貞。」

這一卦又有一龍：龍戰于野。

究竟「龍」是甚麼意思呢？

眾所周知的是，《周易》出自八卦，八卦出自伏羲氏。伏羲氏又名「大昊」、「太昊」，或「大皞」、「太皞」。《禮記 • 月令》說：「孟春之月，日在營室，昏參中，旦尾中。其日甲乙。其帝大皞，其神句芒。」東漢學者鄭玄的注是：「大皞，宓戲氏。」隋唐時期的學者陸德明的解說是：「皞，亦作昊。」

《左傳 • 昭公十七年》說得很清楚：「大皞氏以龍紀，故為龍師而龍名。」換言之，龍就是伏羲氏的象徵，因此，八卦以龍來作為解說，也就是順理成章的事了。

問題仍然未解決：究竟甚麼是龍呢？

有人認為，這也是用來計算季節的方法，例如《說文解字》說：「龍，春分而登天，秋分而潛淵。」換言之，在不同的季節，「龍」在天空的不同地方。這裏所謂的「龍」，指的也是大火星。

然而，這說法有著極大的基本錯誤：再說，是火曆正月，大火星是見於東方的地平線，這和「龍，春分而登天」完全相反。另一方面，在秋分時，是火曆四月，可在黃昏見於西方半空，這也和「秋分而潛淵」完全相反。

110. 龍與太陽

前面說了，《易經》的每一「爻辭」，都分為 6 部分：初，二，三、四，五，上，有時，會再有第 7 部分「用」，前面也說了，是「潤」的意意。

我想到另外一種解釋，這是從「戰龍在野，其血玄黃」這句話得到了線索。

見龍在田，戰龍在野，「田」和「野」究竟有甚麼分別呢？西漢學者許慎寫的《說文解字》說：「野，郊外也。」

換言之，見龍在田就是在近的地方見到龍，戰龍在野就是在遠的地方和龍戰鬥。

那為甚麼要同龍戰鬥呢？「戰鬥」又是甚麼意思呢？這就牽涉到「其血玄黃」了。龍在流血，當然是因為戰鬥而受傷了。想深一層，為甚麼我們可以看到龍在流血呢？因為看到牠的血是深黃色的。好了，現在的問題終於來到：究竟甚麼在遠方的東西，是深黃色的呢？

個人認為，是夕陽的顏色。

沒錯，我的看法是，龍就是在不同時間的太陽：

上午，是見龍在田。

中午，是飛龍在天。

三時左右，日光最烈，但快要轉衰了，是亢龍有悔。

黃昏，是戰龍在野。

晚上，是潛龍勿用。

陰天，或日蝕、月蝕時，是群龍無首。

這說法也可吻合前面講的「龍，春分而登天，秋分而潛淵。」在黃河流域的北方，夏季日長夜短，冬季日短夜長，「春分」和「秋分」的「龍」一個在天，另一個則在深淵。

結合前文的「六卦論」，我的看法是這可能出於占卜「吉時」：一天甚麼時候最吉，甚麼時候最凶？甚麼時候宜做甚麼，甚麼時候忌做甚麼？在一個以「龍」為象徵的氏族，很可能就會寫成了見龍在田、飛龍在天、亢龍有悔、戰龍在野、潛龍勿用、群龍無首了。

這得回到「圖法」的理論：在最初的時候，這些卦象應是有圖無字，「見龍在田」就是一頭在水平線上的龍的圖象，「飛龍在天」就是一頭在天上的龍，「亢龍有悔」是一頭巨大的龍，「戰龍在野，其血玄黃」則是用血色畫出了龍，「潛龍勿用」是一頭回頭跑的龍，「群龍無首」則是好幾頭用黑筆抹去了頭的龍。當然，這些「圖法」，也得用語言去作描述，這就是以上的 6 個「龍」字的成語的由來。

至於「龍」的文字，則是後來的發明，而在有了文字之後，卜者連「圖法」也省去了。

111. 羲和與龍

前面說過，羲和就是發明 10 月太陽曆的人。三國時曹魏的訓詁學者張揖在《廣雅》說：「日御謂之『羲和』。」

甚麼是「日御」呢？《左傳 • 桓公十七年》說：「冬，十月朔，日有食之，不書，日官失之也，天子有日官，諸侯有日御，日官居卿以底日，禮也，日御不失日，以授百官于朝。」

換言之，天子的曆法大臣叫「日官」，諸侯的曆法大臣叫「日御」。

戰國時代的字典《爾雅》說：「風師謂之『飛廉』，雨師謂之『荓翳』，雲師謂之『豐隆』，日御謂之『羲和』，月御謂之『望舒』。」

在後世的傳說，羲和作為「日御」變成了車夫，駕著用六條飛龍拉著的車子，載著太陽，每天把太陽從日出跑至日落。西漢時由淮南王劉安的門客編著的《淮南子》說：「爰止羲和，爰息六螭，是謂『懸車』。」

東漢學者高誘的注說：「日乘車，駕以六龍，羲和御之，日至此而薄於虞淵，羲和至此而回。」

這就是《易經》的乾卦所說的：「大明終始，六位時成。時乘六龍以御天。」

這裏講「六龍」從日出跑到日落，明顯是指一天裏分成六個部分，用了 6 條飛龍來作比喻。這也是我在前文為何把見龍在田、飛龍在天、亢龍有悔、戰龍在野、潛龍勿用、群龍無首視為一天裏的不同時間，而不認為這些名詞和大火星有關。

八卦易經河圖洛書大解密

作　　者：周顯
出　　版：真源有限公司
地　　址：香港柴灣豐業街 12 號啟力工業中心 A 座 19 樓 9 室
電　　話：(852) 3620 3116
電　　郵：contact@real-root.com
印　　刷：美雅印刷製本有限公司
發　　行：一代匯集
地　　址：香港九龍大角咀塘尾道 64 號龍駒企業大廈 10 字樓 B 及 D 室
電　　話：(852) 2783 8102
初版一刷：2024 年 4 月

ISBN : 978-988-76536-1-5